丰子恺

大家经典

有情世界

丰子恺 著 | 梅 杰 选编

山东文艺出版社

目 录

序 言

003 | 有情世界

第一辑　食之有情

013 | 素食以后
016 | 吃瓜子
022 | 珍珠米
026 | 蟹
032 | 爆炒米花
035 | 食肉

第二辑　画之有情

039 | 艺术三昧
042 | 邻人
045 | 贺年
051 | 初步

056 | 爸爸的扇子
061 | 姆妈洗浴
066 | 骗子
073 | 杭州写生
077 | 眉

第三辑　物之有情

081 | 渐
085 | 大账簿
090 | 梦耶真耶
095 | 蝌蚪
103 | 小钞票历险记
117 | 梧桐树
120 | 物语
129 | 生机
133 | 沙坪小屋的鹅
139 | 赌的故事

145	白象
150	种兰不种艾
155	过年

第四辑 人之有情

165	剪网
168	华瞻的日记
173	阿难
176	癞六伯
179	乐生
182	儿女
187	爱子之心
189	"带点笑容"

193	博士见鬼
199	李叔同先生的爱国精神
203	私塾生活
208	中举人
213	阿庆
215	王囡囡
219	五爹爹
222	菊林
224	宽盖

后　记

| 229 | 无常之恸 |

序　言

有情世界①

阿因的爸爸坐在椅子里看书,忽然对着书笑起来,阿因料想,书里一定有好听的故事了,就放下泥娃娃,走到爸爸面前来问:

"爸爸笑什么?讲给我听!"

爸爸指着书,又指着阿因,说道:

"我笑的是他和你。你们两人一样。你替凳子的脚穿鞋子,同泥娃娃讨相骂,给枕头吃牛奶②。这位宋朝的大词人辛弃疾,就同你一样,他同松树讲话,你看。"

说着,指着书上一段,读给阿因听:

"昨夜松边醉倒,问松'我醉何如?'只疑松动要来扶,以手推松曰'去!'"

又解给阿因听:"辛弃疾喝酒醉了,倒在松树旁边的草地上。他就问松树:'喂,老松!你看我醉得什么样了?'松树不答话,

---

① 本篇原载《儿童故事》1947年6月第7期。
② "吃牛奶"是当时的用法,即喝牛奶。

月亮姐姐走得同他一样快,两人一边说话,一边上山。

它的身体动起来了，似乎要把辛弃疾扶起来。辛弃疾很疲倦，想躺在松树旁边的草地上休息一会儿，不要它来扶起，就用手推开松树的身子，喊道："'不要来扶我，你去！'"

阿因听了，很奇怪。他张大眼睛想了一会儿，也笑起来。他的笑是表示高兴。他想：大人们都说我痴，哪知大人们也是痴的。他们的痴话还要印在书上给大家看呢。自今以后，如果再有人说我痴，我就可回驳："你们大人也是痴的，有辛弃疾的书为证。"

这天晚上，阿因就去遨游"有情世界"。

他吃过夜饭，正被母亲迫着去睡的时候，忽然看见地上有一块白布。他想把布拾起来。先用脚踢它一下，白布不动。仔细一看，原来是窗外照进来的月光。他抬头向窗外望，但见月亮正在对他笑，好像有话要说。他高兴极了，先向窗外喊一声："月亮姐姐，我就来了。"飞也似的跑出去了。

他跑到门外草上，仰起头来一望，月亮姐姐的脸孔比窗里看见的那个更加白，更加圆，更加大了。同时笑得更加可爱了。但听她说：

"阿因哥儿，到山上去野餐，他们都在等候你呢。快去拿了小篮出来，我陪你同去吧。"

阿因不及回答，三步并作两步，回进屋里，走到床前，向枕头边去取出小篮。一看，里面有半篮花生米、两包巧克力，是白天爸爸买给他的，现在正好拿上山去野餐。他提了小篮出门，说声："月亮姐姐，同去，同去！"就快步上山。月亮姐姐走得同他一样快，两人一边说话，一边上山。忽然路旁一群小声音在喊：

"阿因哥哥、月亮姐姐，我们也要去野餐，带我们同去！"

阿因回头一看，原来是一群蒲公英。阿因站住了，月亮姐姐也站住了。阿因说：

"好极，好极！我正想多几个人携着手，一同上山。月亮姐姐高高地在上面走，不肯同我携手呢！"

他便伸手拉蒲公英。蒲公英们齐声叫道："拉不得，拉不得，我们痛得很！"

阿因一看，知道他们都是生根的，便皱着眉头，想不出办法。月亮姐姐喊道："阿因哥儿，他们是走不动的，你给他们吃些东西吧！"阿因觉得这话不错，便从小篮里取出花生米来，给蒲公英们一人一粒。蒲公英们都笑了，大家鞠一个躬，谢谢他。阿因再走上山，月亮姐姐又跟着他走，快慢完全一样。虽然不能携手，一路上都好谈话，不知不觉，已到山顶。山顶上有方平原，平原中央有一块大石，一块小石。阿因坐了小石，就把小篮里的花生米和巧克力倒在大石上，开始野餐了。他叫道："大家来吃东西！"山顶四周围站着的松树一齐"哗啦哗啦"地笑起来。阿因向四周一望，但见他们一个长，一个短，一个蓬头，一个尖头，大家正在探头探脑地望着石桌上的花生米和巧克力，嘴里都滴着口水呢。忽然，附近发出一阵娇嫩的喊声，原来是睡在石桌周围的杜鹃花们："阿因哥哥，你这时候还来野餐？我们早已睡着，被你惊醒了！谁带你上来的呀？"

阿因点着上面说："月亮姐姐带我上来的！杜鹃花妹妹，你们睡得这么早，真是无聊！大家快点起来吃东西吧？今晚月亮姐姐这样高兴，你们不可不陪她。你们看，她的脸孔从来没有这样的白，这样的圆，这样的大，从来没有这样的可爱呢！"

白云听见了阿因、杜鹃花们、松树们的笑语声，慢慢地从远方跑过来，也要来参加这野餐大会了。白云走到了石桌顶上，望着花

生米和巧克力吞唾液。忽然松树们、杜鹃花们,一齐喊起来:

"白云伯伯,让开点,不要遮住月亮姐姐!"同时月亮姐姐也在上面喊起来:

"白云伯伯最讨厌!他老是欢喜站在我的面前,使我看不到你们。"

松树们大家①同情月亮姐姐,接着说道:

"对啊!白云伯伯不但欢喜遮住我,有时竟会走下来,蒙住我们的头,气闷得很!这人真讨厌!"

杜鹃花们也娇声娇气地喊起来:"白云伯伯怕你们吃东西,所以拿他那个庞大的身体来遮住你们。他想一人独吃这花生米和巧克力呢!"

白云被他们说得难为情起来,只好让开。但他的身体实在庞大,行动很不自由,过了好一会儿,阿因方才看见月亮姐姐的脸。白云伯伯被骂,阿因觉得他太可怜了。他就劝道:"白云伯伯,你下次站在月亮姐姐的后面,就好了。何必一定站在她前面呢?你横竖身体伟大,她遮不到你呢!"

月亮姐姐扑哧地笑起来。白云伯伯说:"阿因哥儿,你不知道我的苦处,我是不能走到她后面去的。她的身体实在太娇小,我的身体实在太庞大,一不小心,就要遮住她。如今我有办法:我把身体变个样子,站在她的周围,好不好?"

阿因、松树、杜鹃花们大家赞美。白云就慢慢地变样子,先把身子伸长,变成一条,然后弯转来,变成一个白环,绕在月亮姐姐的四周。底下的人们看了这变态②,大家拍手喝彩,大家吃东西,

---

① "大家"有"一起"的意思。
② "变态"是"变化的形态"的意思。

高兴得很！从此大家不讨厌白云伯伯，而且请他多吃点东西了。

大家吃饱了东西，月亮姐姐的身体渐渐地横下去，好像想休息的样子。阿因说："我们散会吧，月亮姐姐疲倦了，大家明天再会！"月亮姐姐要送他下山。阿因说："你要休息了，不必送我下山。就叫松树哥哥送我下去吧！"

白云就慢慢地变样子，先把身子伸长，变成一条，然后弯转来，变成一个白环，绕在月亮姐姐的四周。

杜鹃花们一齐笑起来。松树说:"阿因弟弟,要是我们走得动,我们很想送你下去,看看世景,可惜我们是走不动的呀!我有办法:叫我们的溪涧妹妹代送吧。她是一天到晚欢喜跑路的。"

溪涧接着说话了:"我因为忙得很,没有参加你们的野餐会。但你们的谈话我都听见了,而且风伯伯把你们的花生米和巧克力都带给我吃了。香气倒很好,谢谢你们。我原要下山去,就由我代表你们,陪送阿因哥儿下山吧。"

阿因就跟了溪涧妹妹一齐下山。溪涧妹妹会唱许多的歌,在路上唱给阿因听,一直唱到阿因家门前的河岸边,方始"再会"分手。阿因在路上,从溪涧妹妹那里学得了一曲最好听的歌。他一边唱着,一边走进屋里去,直到听见他母亲的声音:"阿因,你睡梦里唱的歌真好听!"他方始停唱。张开眼睛一看,只见母亲坐在床前的椅子上,泥娃娃笑嘻嘻地站在他的枕头旁边,等候他起来同她玩呢。

第一辑

食之有情

素食以后

我素食至今已七年了,一向若无其事,也不想说什么话。这会儿大醒法师来信,要我写一篇"素食以后",我就写些。

我看世间素食的人可分两种,一种是主动的,一种是被动的。我的素食是主动的。其原因,我承受先父的遗习,除了幼时吃过些火腿以外,平生不知任何种鲜肉味,吃下鲜肉去要呕吐。三十岁上,羡慕佛教徒的生活,便连一切荤都不吃,并且戒酒。我的戒酒不及荤的自然:当时我每天喝两顿酒,每顿喝绍兴酒一斤以上。突然不喝,生活上缺少了一种兴味,颇觉异样。但因为有更大的意志的要求,戒酒后另添了种生活兴味,就是持戒的兴味。在未戒酒时,白天若得喝两顿酒,晚上便会欢喜满足地就寝;在戒酒之后,白天若得持两回戒,晚上也会欢喜满足地就寝。性质不同,其为兴味则一。但不久我的戒酒就同除荤一样地若无其事。我对于"绿蚁新醅酒,红泥小火炉。晚来天欲雪,能饮一杯无?"一类的诗忽然失却了切身的兴味。但在另一类的诗中也获得了另一种切身的兴味。这种兴味若何?一言难尽,大约是"无花无酒过清明"的野僧的萧然的兴味吧。

被动的素食,我看有三种:第一是一种营业僧的吃素。营业僧这个名词是我擅定的,就是指专为丧事人家诵经拜忏而每天赚大洋两角八分(或更多,或更少,不定)的工资的和尚。这种和尚有的是因颠沛流离生活无着而做和尚的,有的是幼时被穷困的父母以三块钱(或更多、或更少,不定)一岁卖给寺里做和尚的。大都不是自动地出家,因之其素食也被动:平时在寺庙里竟公开地吃荤酒,到丧事人家做法事,勉强地吃素;有许多地方风俗,最后一餐,丧事人家也必给和尚们吃荤。第二种是特殊时期的吃素,例如父母死了,子女在头七①里吃素,孝思更重的在七七②里吃素。又如近来浙东大旱,各处断屠,在断屠期内,大家忍耐着吃素。虽有真为孝思所感而弃绝荤腥的人,或真心求上苍感应而虔诚斋戒的人,但多数是被动的。第三种,是穷人的吃素。穷人买米都成问题,有饭吃大事已定,遑论菜蔬?他们即使有菜蔬,真个是"菜蔬"而已。现今乡村间这种人很多,出市,用三个铜板买一块红腐乳带回去,算是为全家办盛馔了。但他们何尝不想吃鱼肉?是穷困强迫他们的素食的。

世间自动的素食者少,被动的素食者多。而被动的原动力往往是灾祸或穷困。因此世间有一种人看素食一事是苦的,而看自动素食的人是异端的,神经病的,或竟是犯贱的,不合理的。

萧伯讷(萧伯纳)吃素,为他作传的赫理斯说他的作品中女性描写的失败是不吃肉的缘故。我们非萧伯讷的人吃了素,也常常受人各种各样的反对和讥讽。低级的反对者,以为"吃长素"

---

① 头七,指人死后第一个七天。
② 七七,指人死后的七个七天,亦即四十九天。

是迷信的老太婆的事，是消极的落伍的行为。较高级的反对者有两派，一是根据实利的，一是根据理论的。前者以为吃素营养不足，出门不便利。后者以为一滴水中有无数微生物，吃素的人都是掩耳盗铃；又以为动物的供食用合于天演淘汰之理，全世界人不食肉时禽兽将充斥世界为人祸害；而持杀戒者不杀害虫，尤为科学时代功利主义的信徒所反对。

对于低级的反对者，和对于实利说的反对者，我都感谢他们的好意，并设法为他说明素食和我的关系。唯有对于浅薄的功利主义的信徒的攻击似的反对，我不屑置辩。逢到几个初出茅庐的新青年声势汹汹地责问我"为什么不吃荤？""为什么不杀害虫？"的时候，我也只有回答他说"不欢喜吃，所以不吃。""不做除虫委员，所以不杀。"功利主义的信徒，把人世的一切看作商业买卖。我的素食不是营商，便受他们反对。素食之理趣，对他们"不可说，不可说"① 其实我并不劝大家素食。《护生画集》中的画，不过是我素食后的感想的表现，看不看由你，看了感动不感动更非我所计较。我虽不劝大家素食，我国素食的人近来似乎日渐多起来了。天灾人祸交作，城市的富人为大旱断屠而素食，乡村的穷民为无钱买肉而素食。从前三餐肥鲜的人现在只得吃青菜、豆腐了。从前"无肉不吃饭"的人现在几乎"无饭不吃肉"了。城乡各处盛行素食，"吾道不孤"，然而这不是我所盼望的！

廿三年（1934年）观音诞（农历二月十九日）

---

① "不可说，不可说"，出自《普贤王菩萨行愿品》，意为只可意会，不可言传。

吃瓜子[①]

从前听人说，中国人可谓人人具有三种"博士"的资格：拿筷子博士、吹煤头纸博士、吃瓜子博士。

拿筷子、吹煤头纸、吃瓜子，的确是中国人独得的技术。其纯熟深造，想起了可以使人吃惊。这里精通拿筷子法的人，有了一双筷，可抵刀锯叉瓢一切器具之用，爬罗剔抉，无所不精。这两根毛竹仿佛是身体上的一部分，是手指的延长，或者一对取食的触手。用时好像变戏法者的一种演技，熟能生巧，巧极通神。不必说西洋了，就是我们自己看了，也可惊叹。至于精通吹煤头纸法的人，首推几位一天到晚捧水烟筒的老先生和老太太。他们的"要有火"比上帝还容易，只消向煤头纸上轻轻一吹，火便来了。他们不必出数元乃至数十元的代价去买打火机，只要有一张纸，便可临时在膝上卷起煤头纸来，向铜火炉盖的小孔内一插，拔出来一吹，火便来了。我小时候看见我们染坊店里的管账先生，有种种吹煤头纸的特技。我把煤头纸高举在他的额旁边了，他会把下唇伸出来，使风向

---

① 本篇原载《论语》1934年5月16日第41期。

上吹；我把煤头纸放在他的胸前了，他会把上唇伸出来，使风向下吹；我把煤头纸放在他的耳旁了，他会把嘴歪转来，使风向左右吹；我用手按住了他的嘴，他会用鼻孔吹，都是吹一两下就着火的。中国人对于吹煤头纸技术造诣之深，于此可以窥见。所可惜者，自从卷烟和火柴输入中国而盛行之后，水烟这种"国烟"竟被冷落，吹煤头纸这种"国技"也很不发达了。生长在都会里的小孩子，有的竟不会吹，或者连煤头纸这东西也不曾见过。在努力保存国粹的人看来，这也是一种可虑的现象。近来国内有不少人努力于国粹保存。国医、国药、国术、国乐，都有人在那里提倡。也许水烟和煤头纸这种国粹，将来也有人起来提倡，使之复兴。

但我以为这三种技术中最进步最发达的，要算吃瓜子。近来瓜子大王的畅销，便是其老大的证据。据关心此事的人说，瓜子大王一类的装纸袋的瓜子，最近市上流行的有许多牌子。最初是某大药房"用科学方法"创制的，后来有什么"好吃来公司""顶好吃公司"……种种出品陆续产出。到现在差不多无论哪个穷乡僻处的糖食摊上，都有纸袋装的瓜子陈列而倾销着了。现代中国人的精通吃瓜子术，由此盖可想见。我对于此道，一向非常短拙，说出来有伤于中国人的体面，但对自家人不妨谈谈。我从来不曾自动地找求或买瓜子来吃。但到人家做客，受人劝诱时；或者在酒席上、杭州的茶楼上，看见桌上现成放着瓜子盆时，也便拿起来咬。我必须注意选择，选那较大、较厚，而形状平整的瓜子，放进口里，用臼齿"格"地一咬，再吐出来，用手指去剥。幸而咬得恰好，两瓣瓜子壳各向两旁扩张而破裂，瓜仁没有咬碎，剥起来就较为省力。若用力不得其法，两瓣瓜子壳和瓜仁叠在一起而折断了，吐出来的时候我就担忧。那瓜子已纵断为两半，两半瓣的瓜仁紧紧地装塞在两半瓣的瓜子壳中，好像日本版的洋装书，套在很紧的厚纸函中，不容易取它出来。这种洋装书的取出法，现在都已从日本人那里学得，不要把指头塞进厚纸函中去力挖，只要使函口向下，两手扶着函，上下振动数次，洋装书自会脱壳而出。然而半瓣瓜子的形状太小了，不能应用这个方法，我只得用指爪细细地剥取。有时因为练习弹琴，两手的指爪都剪平，和尚头一般的手指对它简直毫无办法。我只得乘人不见把它抛弃了。在痛感困难的时候，我本拟不再吃瓜子了。但抛弃了之后，觉得口中有一种非甜非咸的香味，会引逗我再吃。我便不由地伸起手来，另选一粒，再送交臼齿去咬。不幸而这瓜子太燥，我的用力又太猛，"格"地一响，玉石不分，咬成了无数的碎块，事体就更糟了。我只得把粘着唾液的碎块尽行吐出在手心里，用心挑选，剔去壳的碎块，然后用舌尖舐食瓜仁的碎块。然而这挑选颇不容易，因为壳的碎块的一面也是白色的，与瓜仁无异，我误认为全是瓜仁而舐进口中去嚼，其味虽非嚼蜡，却等于嚼砂。壳的碎片紧紧地嵌进牙齿缝里，找不到牙签就无法取出。碰到这种钉子的时候，我就下个决心，从此戒绝瓜子。戒绝之法，大抵是喝一口茶来漱一漱口，点起一支香烟，或者把瓜子盆推开些，把身体换个方向坐了，以示不再对它发生关系。然而过了几分钟，与别人谈了几句话，不知不觉之间，会跟了别人而伸手向盆中摸瓜子来咬。等到自己觉察破戒的时候，往往是已经咬过好几粒了。这样，吃了非戒不可，戒了非吃不可；吃而复戒，戒而复吃，我为它受尽苦痛。这使我现在想起了瓜子觉得害怕。

但我看别人，精通此技的很多。我以为中国人的三种博士才能中，咬瓜子的才能最可叹佩。常见闲散的少爷们，一只手指间夹着一支香烟，一只手握着一把瓜子，且吸且咬，且咬且吃，且吃且谈，且谈且笑。从容自由，真是"交关写意!"他们不须拣选瓜子，也不须用手指去剥。一粒瓜子塞进了口里，只消"格"地一咬，"呸"地一吐，早已把所有的壳吐出，而在那里嚼食瓜子的肉了。那嘴巴真像一具精巧灵敏的机器，不绝地塞进瓜子去，不绝地"格""呸""格""呸"……全不费力，可以永无罢休。女人们、小姐们的咬瓜子，态度尤加来得美妙：她们用兰花似的手指摘住瓜子的圆端，把瓜子垂直地塞在门牙中间，而用门牙去咬它的尖端。"的，的"两响，两瓣壳的尖头便向左右绽裂。然后那手敏捷地转个方向，同时头也帮着了微微地一侧，使瓜子水平地放在门牙口，用上下两门牙把两瓣壳分别拨开，咬住了瓜子肉的尖端而抽它出来吃。这吃法不但"的，的"的声音清脆可听，那手和头的转侧的姿势窈窕得很，有些妩媚动人。连丢去的瓜子壳也模样姣好，有如朵朵兰花。由此看来，咬瓜子是中国少爷们的专长，而尤其是中国小姐、太太们的拿手戏。

在酒席上、茶楼上，我看见过无数咬瓜子的圣手。近来瓜子大王畅销，我国的小孩子们也都学会了咬瓜子的绝技。我的技术，在国内不如小孩子们远甚，只能在外国人面前占胜。记得从前我在赴横滨的轮船中，与一个日本人同舱。偶检行箧，发见[①]亲友所赠的一罐瓜子。旅途寂寥，我就打开来和日本人共吃。这是他平生没有吃过的东西，他觉得非常珍奇。在这时候，我便老实不客气地装出内行的模样，把吃法教导他，并且示范地吃给他看。托祖国的福，这示范没有失败。但看那日本人的练习，真是可怜得很！他如法将瓜子塞进口中，"格"地一咬，然而咬时不

---

① "发见"同"发现"。

得其法，将唾液把瓜子的外壳全部浸湿，拿在手里剥的时候，滑来滑去，无从下手，终于滑落在地上，无处寻找了。他空咽一口唾液，再选一粒来咬。这回他剥时非常小心，把咬碎了的瓜子陈列在舱中的食桌上，俯伏了头，细细地剥，好像修理钟表的样子。约莫一二分钟之后，好容易剥得了些瓜仁的碎片，郑重地塞进口里去吃。我问他滋味如何，他点点头连称"umai，umai！"（好吃，好吃！）我不禁笑了出来。我看他那阔大的嘴里放进一些瓜仁的碎屑，犹如沧海中投以一粟，亏他辨出 umai 的滋味来。但我的笑不仅为这点滑稽，半由于骄矜自夸的心理。我想，这毕竟是中国人独得的技术，像我这样对于此道最拙劣的人，也能在外国人面前占胜，何况国内无数精通此道的少爷、小姐们呢？

发明吃瓜子的人，真是一个了不起的天才！这是一种最有效的"消闲"法。要"消磨岁月"，除了抽鸦片以外，没有比吃瓜子更好的方法了。其所以最有效者，为了它具备三个条件：一、吃不厌；二、吃不饱；三、要剥壳。

俗语形容瓜子吃不厌，叫作"勿完勿歇"。为了它有一种非甜非咸的香味，能引逗人不断地要吃。想再吃一粒不吃了，但是嚼完吞下之后，口中余香不绝，不由你不再伸手向盆中或纸包里去摸。我们吃东西，凡一味甜的，或一味咸的，往往易于吃厌。只有非甜非咸的，可以久吃不厌。瓜子的百吃不厌，便是为此。有一位老于应酬的朋友告诉我一段吃瓜子的趣话：说他已养成了见瓜子就吃的习惯。有一次同了朋友到戏馆里看戏，坐定之后，看见茶壶的旁边放着一包打开的瓜子，便随手向包里掏取几粒，一面咬着，一面看戏。咬完了再取，取了再咬。如是数次，发现邻席的不相识的观剧者也来掏取，方才想起了这包瓜子的所有权，低声问他的朋友：

"这包瓜子是你买来的吗？"那朋友说"不。"他才知道刚才是擅吃了人家的东西，便向邻座的人道歉。邻座的人很漂亮，付之一笑，索性正式地把瓜子请客了。由此可知瓜子这样东西，对中国人有非常的吸引力，不管三七二十一，见了瓜子就吃。

俗语形容瓜子吃不饱，叫作"吃三日三夜，长个屎尖头。"因为这东西分量微小，无论如何也吃不饱，连吃三日三夜，也不过多排泄一粒"屎尖头"。为消闲计，这是很重要的一个条件。倘分量大了，一吃就饱，时间就无法消磨。这与赈饥的粮食，目的完全相反。赈饥的粮食求其吃得饱，消闲的粮食求其吃不饱。最好只尝滋味而不吞物质。最好越吃越饿，像罗马亡国之前所流行的"吐剂"一样，则开筵大嚼，醉饱之后，咬一下瓜子可以再来开筵大嚼。一直把时间消磨下去。

要剥壳也是消闲食品的一个必要条件。倘没有壳，吃起来太便当，容易饱，时间就不能多多消磨了。一定要剥，而且剥的技术要有声有色，使它不像一种苦工，而像一种游戏，方才适合于有闲阶级的生活，可让他们愉快地把时间消磨下去。

具足以上三个利于消磨时间的条件的，在世间一切食物之中，想来想去，只有瓜子。所以我说发明吃瓜子的人是了不起的天才。而能尽量地享用瓜子的中国人，在消闲一道上，真是了不起的积极的实行家！试看糖食店、南货店里的瓜子的畅销，试看茶楼、酒店、家庭中满地的瓜子壳，便可想见中国人在"格，呸""的，的"的声音中消磨去的时间，每年统计起来为数一定可惊。将来此道发展起来，恐怕是全中国也可消灭在"格，呸""的，的"的声音中呢。

我本来见瓜子害怕，写到这里，觉得更加害怕了。

廿三年（1934年）四月廿日

珍珠米①

叶心哥暑假回家时,我们还有三天大考。我对叶心哥说:"你们中学生太便宜了!"他回答道:"你不必小气,你吃亏煞也只三天。下学期你也是中学生了。"这话使我猛然想起了未来的事:留级、毕业、辍学、升学、落第、考取……许多念头盘旋于我的脑际,好像许多不可捉摸的幻影。而想起了离去母校,分别旧友,又觉得心绪缭乱,连预备大考的勇气也被减杀了。

现在,最后的三天大考居然过去了。成绩已经算决,我的总平均居然及格,毕业已经确定了。以前盘旋脑际的不可捉摸的幻影,现在变了一种对于未来的预想。而别离的情绪,今天愈觉得黯然了。我在教室中整理抽斗时,想起这是永远的告别,觉得教室中一切都可爱起来。那只底板上有着许多裂缝的抽斗,以前常把我的铅笔或橡皮漏落在地上,我很讨厌它,常用砖头把它死命地敲;现在觉得抱歉起来。那张刻着许多小刀痕的桌面,以前常使我的铅笔刺破纸头,我更讨厌它;现在细看这些看熟了的刀

---

① 本篇原载《新少年》1936年7月10日第2卷第1期。

痕，也觉得对它们有些依依难舍。从我的座位里望到黑板上，左角常有一大块白白的反光，字迹看不清楚。以前我最讨嫌这一点，每逢抄札记的时候，身子弯来弯去，非常吃力。今后即使我愿意吃力，也不可再得了。这些还在其次，最使我不能忘却的要算几位先生的印象：校长先生的秃头、级任先生的浓眉毛、潘先生的红鼻头、华先生的两个大牙齿，我已看得很熟，一闭眼睛就可想象出来。校长先生的"还有"、级任先生的"不过"、史先生的"差不多"、华先生的音乐的"诸位小朋友"，我们都听得很熟，有几位同学能模仿得很像。这些形状，这些音调，今后我永远不能常常接近了。想到这里，我心中起了一种悲哀——爸爸称之为"多情的悲哀"。他说我爱读《爱的教育》，性格受了它的影响。有一次他指着该书的开头第一页对我说："这种人太多情。安利珂升了四年级，看见三年级时的红头发先生感到悲哀，已经多情了。二年级时的女先生因为安利珂此后不再走过她的教室的门口而悲哀，实在是多情过度，变成多事了。"我今天的种种想念，恐怕也是多事。但我竭力抑制自己的感情，毅然地把抽斗撒空，准备离去这学校，向我的前途勇猛精进。

华先生带了两个大牙齿走进教室来。一声音乐的"诸位小朋友"之后，我们知道他有话说了，大家同上课一样就座静听。他继续说道："你们的大考已经完毕，成绩大家及格，现在只等候毕业式了。这是很可喜的事。美术是不考试的。但你们此后不再来校，应该留点成绩在校里，他日也可和别班比较。平时成绩固然已经选留了若干幅，但都不是最近作的。今天下午没事，大家回到屋里去，各自画一幅写生画，留在校里当作毕业成绩，大家愿意吗？"我们齐声说"愿意！"他接着说："画什么不拘，画的大小也不拘，用不用颜色也不拘，只要是写生——忠实的写生。这可以表示你们在校学了几年图画，眼的观察力和手的描写力修养到了什么程度。但是不可叫别人代画，代画了我一看就看出。"他在最后一次的课中竟说这近于侮辱的话，似乎觉得难为情，立刻改正了说："但我知道你们一定不愿意的。"我们又齐声说"不愿意！"

中午，我夹着一大包书回家，在路上考虑图画的题材。这样、那样，想不定当。走进家里，看见桌上放着热腾腾的一只篮，篮里盛着许多刚蒸熟的玉蜀黍。"茂春姑夫家送来的，"被我一猜就着。这是我的爱物，为了它有黄色的长须，像洋团团的头发；乳色的粒，像象牙雕成的珠子。蒸熟以后这些珠子变成金黄色，更加可爱。它有一种异香，好像香粳米的香气。这香气使饿肚皮的人闻了很舒服。它有一种异味，非甜非咸，令人多吃不厌。但我的欢喜它，不仅为了好吃，又为了好玩。我的玩法有种种。有时我先把米粒统统摘落，藏在袋里，好像一袋精小的黄豆，一粒一粒地摸出来吃。有时我在玉蜀黍上摘出花纹来，兴味更好。条纹的、圈纹的、斜纹的、点纹的、种种图案都可排成。食物之中，我所最欢喜的，是山芋和这玉蜀黍。山芋可吃之外又可雕版印刷，玉蜀黍则可吃之外又可排图案。这两种食物，可说是实用性与趣味兼备的东西。玉蜀黍的名称有种种：六谷、粟米、棒子、玉米、玉麦、鸡头粟、珠珠粟、珍珠米，都是它的名称。我觉得"珍珠米"这名字最适切又最好听。我欢喜这样称呼它。下午我就为珍珠米写生。

长台底下，还有一篮未曾烧熟的珍珠米。生的外面裹着衣，又有长须，比熟的好看。我拣了两个，一个有衣的，一个无衣的，把它们横卧在桌上。一小一大、一近一远、一繁一简、一客一主，配置也很相宜。我用铅笔打了轮廓，涂上阴影，已经有些立体感。再加上一层黄色的淡彩，写实的效果愈加显著。这最后一回的写生练习趣味真好！以前在学校的图画科中写生，何以没有这样好的趣味呢？细想起来，原因很多：最后一回特别起劲儿，是一个原因；珍珠米的可爱又是一个原因。而最大的原因，还在写生的设备上。以前在教室里写生，三四十人共看一个模型，模型的位置最难妥帖。只有少数人所望见的位置恰好，其余的多数人，所望见的位置就不好看了。华先生曾经注意这点困难，有一次他办了十种模型，把我们分成十组，教每组三四个人共写一个模型，位置的确容易安排。但因先生的预备教材太麻烦，所以不能常常应用这办法。今天我在家里自办模型，独自写生，当然比学校里的分组更加自由了。学图画同弹琴一样，是不适于共同学习而宜于个别教练的。明天拿这张画向华先生缴卷时，想把这一点意思告诉他，请他在下学期想个妥善的写生办法。我们虽然出校了，其余的同学可得许多便利呢。

蟹①

一个穿白衣服的人手里拿着一只空盆子,口里喊着"客人吃饭,客人吃饭",摇摇摆摆地走过三等车厢。他的衣服和盆子,他的喊声和步态,都富有广告色彩。我似觉走来的不是一个人,而是一个活的 mannequin(做广告用的人体模型)。

摸出时表一看,六点还差五分,是吃夜饭的时候了。本来,我在火车里不吃饭。因为他们弄的都是荤腥,我不要吃。曾经有一次,一个 mannequin 对我说,他们也会弄素的菜炒饭。但他拿来的是猪油炒的生菜和饭,我闻到气息就要泛胃。幸而有同乘的朋友包办去了,没有兴起交涉,也没有暴殄天物。此后我在火车里抱不吃饭主义。这一次,看见同车厢中有人吃牛奶和土司,不免口角生津。等那 mannequin 再走过时,我就照样地定了一杯牛奶和一客土司。

不久货就送到:一只盆子里盛着两片土司,一只有盖、有底、有环的瓷杯里盛着牛奶,杯旁放着四块方糖。我把三块糖放

---

① 本篇原载《宇宙风》1937 年 1 月 16 日第 3 卷第 9 期。

入牛奶中，用匙一搅，觉得底上有沉淀物。捞起一看，原来是未溶水的炼乳。我觉得有些糟。因为我怕甜，平日用糖三块为度。炼乳是含有多量的糖分的，又放进了三块方糖，这杯牛奶不知甜到什么地步了。然而糖已放入，就同覆水一样难收；人生多苦，今天甜他一甜吧。这样一想，也就不觉得糟。

土司是抹好奶油的，倒很便利。我就先吃土司。预备吃完了土司再吃牛奶。

对座是一位三四十岁的男客。从他的相貌、服装和举止上观察，我猜想他是一个商人。额上的头发生得很低，好似戴着便帽。眼睛生得很紧，两眼之间大约只有一个铜板的地位，而且这铜板须得是一分法币。脸的下部有特别丰满的筋肉，保护着一张健全的嘴。脸皮特别红润而光洁，可想见它是常常被使用着的。他的衣服很楚楚，淡蓝色哔叽袍子上罩着元色直贡呢背心，大小长短都相称。两只袖口好像两圈盘香，从淡蓝色的袍子的袖圈到雪白的绒衬衫的袖圈，由外而内、由大而小，渐层地排列着，非常整齐，毫无参差。他的举止很审慎，上了车，先把一笼蟹仔细地放在靠窗的小几的下面，然后用报纸将椅子一揩，再撩起后面的衣裾，用袍子的里子贴切了椅子而坐下去。他把脚适当地靠着在蟹笼的一边，其用意仿佛是防备蟹笼万一被窃，则他虽不看见，也可由脚感知。这样地坐好了，然后用手摸摸车窗下的小几，放心地把右肘搁在小几上，展开一份《新闻报》，热心地"读"。虽在车轮嘎嘎声中，他的读报声也能时时传送到我的耳朵里来。

我饮了几口牛奶，正在眺望窗外，嚼着最后一口土司的时候，忽然听见近前"哐啷"一响。收回视线，但见牛奶泛滥在小几上,一只瓷杯和一个盖在小几上滚,将要超越几边的凸线而滚到地板上去,被我立刻扶持了,没有落地。然而牛奶已经淋漓尽致,湿了我的香烟盒子、自来火和一册英译《阿Q正传》还不够,又沛然莫之能御地流下去,滴在对座客人的衣裾上,和小几下的蟹笼上。推翻这杯牛奶的动力,来自对座客人的右肘,而对座客人的右肘的动力,则来自一只黄蜂。它不知为了什么原因,忽然钻进火车的窗,来停在对座客人的拿着《新闻报》的右手上。虽是这样小小的一个虫,但因身上带着凶器,使我这位谨慎仔细的对座客人也不免惊慌起来,顾不得牛奶或羊奶,右手用力一闪,右肘便把我的牛奶推翻了。但也许他因为热中(衷)于读报,没有知道我有牛奶放在小几上。倘使知道,则牛奶事大,未有不谨防推翻者。我虽未便预先通知他"我有牛奶,请君小心",但他因为不知而误将牛奶推翻,况且由于闪避黄蜂的袭击,我对他也有几分同情和抱歉。当他仓皇起立,助我扶持瓷杯,涨红着脸勉强作笑,说着"还好,还好,真对不起了!"的时候,我就说"不要紧,不要紧,但你的衣裾弄脏了!"他看看衣裾,眉头一蹙;但好像忽然觉悟了比弄脏衣裾更大的事情,又立刻对我说:"我喊他再弄一杯牛奶。"我老实说:"不必不必,这牛奶太甜,我本来不大要吃,倒翻算了。"他周章了一会儿,继续又说:"那么等一会儿归我付钞。"我又老实说:"这牛奶我已饮过几口,怎么要你付钞?想法揩揩你的衣裾吧。"这时候那黄蜂不管自己闯祸,还在座间翱翔。它大约是闻得牛奶的气味太香,因此不顾犯罪,恋恋不去。我的对座客连说了许多"对不起",就用《新闻报》当作扇子,死命地打扑黄蜂,同时口中谩骂起来:"娘杀的,还要来?!……"骂得很凶,打扑得很用力。似乎把怪怨我吃牛奶，责备自己不小心，痛惜衣服弄脏等种种愤懑，统统在这谩骂和打扑中发泄了。然而那黄蜂如同不听见一样，管自在车厢里飞来飞去，不肯飞出窗去。它反正是免票乘车的，多乘一站毫无问题。最后它向前面的客座飞去，我的对座客也不再追击。只要我们这里没有黄蜂为害，就同全车厢没有黄蜂为害一样了。他放心地坐下来，开始揩他的衣裾。同时穿白衣服的mannequin又来了，我还了他钱，又叫他揩拭小几。

对座的客人揩好了衣裾，向小几下拉出蟹笼来，用报纸揩拭笼上的牛奶，笑着对我说："两只蟹交运，牛奶吃饱了！"我也笑着，把他的话反复了一遍。但觉得太枯燥，不免随便谈谈："这两只蟹倒很大的。几钱一只？"他说："讲分量的，×分钱一两。"我想："世间无论何事，无经验而要扮假内行是不行的。区区买蟹一事，教我这全无买蟹经验的素食者谈起来就做笑话。原来蟹有大小轻重，不比牛奶可以规定几钱一杯，土司可以规定几钱一客。我今问他几钱一只，显然是外行的话。而且他不曾知道我是素食者，听了我这句孩子气的问话一定在心中窃笑了。当此秋光正好的黄花时节，人们的胃口正开，这几天谁不在那里要蟹的命？谁不关心于蟹的市价？像我这样的问话实在太不像样了。"然而话已说出，也同覆水一般难收。我接着说："啊，讲分量的，×分一两，还算便宜的吗？"我不敢再扮内行品评价钱的贵贱，所以接着讲了这句不着边际的问话。他把蟹笼提到我眼前，指着说："你看，只只是雌蟹，又大又肥，×分一两是很便宜的。我直接向簖上买，比向市上买便宜得多。而且这簖上的人又是熟识的，所以格外便宜。"他非常得意地收回笼子，正要上盖，突然勇敢地对我说：

"我送你两只蟹。"他就伸手到笼里来捉。

"不,不,你自己带回去,我不吃的。"我连忙阻止他。

"蟹哪里不吃?我一定送你两只。"他说着就找绳子。

"我真不吃,我吃素的,请你不必客气吧。"

"吃素的?"他愣了一愣,忽然又高声笑着叫道:"你吃牛奶的!还说吃素?我送你,我送你!"说着,毅然决然地伸手捉蟹了。

"牛奶是素的,但蟹是荤的。"

"哪里?牛奶是素的,蟹也是素的,你吃,你吃!"

"我真不吃,请你一定不要送我。你的好意领谢了。"

"哪里的话?我把你的牛奶倒翻了,还有什么好意?我一定送你。"他把一只很大的蟹用绳缚牢,再捉一只同样大小的重叠在它身上,用余多的绳再缚。同时口里反复地说:"我一定送你,我一定送你。"

我感到一种不快:他把牛奶当作荤的,我颇想辩解,并且告诉他我的长年吃素的经历。然而那人头脑简单,态度顽强,辩解不会有效;况且交浅言深,告诉他也有些不配。他说蟹也是素的,明明是开玩笑,诬我说谎,我觉得有些冤枉。但我即使骗他,他即使冤枉我,都是出于好意的,我又何必认真。还是付之一笑,试再向他婉谢吧。

"请你一定不要送我!我真是不吃蟹的。"我站起来说。

"我一定送你,我一定送你!"他如同不听见我的话一样,管自把缚好的两只蟹挂在我的窗边的帽钩子上了,然后缚他自己的蟹笼。风吹进窗,把蟹嘴上的泡沫吹散下来,好似许多小小的肥皂泡,落在我身上。这时候,我的不快变成了好笑:被人损坏了物质拒绝赔偿，别人不受报时硬要回报。我们这两个真像君子之徒、羲皇上人，同这车厢里的社会对比之下，实在迂腐得可笑。

"唉！那么难为你了，谢谢！"我受了蟹。

"不值钱的！这东西在杭州、上海买，就很贵；但我们在本乡买，价钱便宜，货色又好。尊姓？"自从打翻牛奶以后，他的脸很不自然，直到送掉了两只蟹，方始恢复元气。这时候他意气轩昂，眉飞色舞地同我攀谈起来。尊姓大名，贵府舍间，宝号敝业……一直谈到他的目的地，"再见，再见！"

不久，我也到了我的目的地。我提着两只蟹回寓，就把绳子解开，放它们在庭中的池塘里。以后每天朝晨我在池塘上小立，看见蟹在蕰藻间匐行的时候，必然回想起当日火车中的情形，对着池塘独笑。

廿五年（1936年）十月二十日

爆炒米花[1]

楼窗外面"砰"的一响,好像放炮,又好像轮胎爆裂。推窗一望,原来是"爆炒米花"。

这东西我小时候似乎不曾见过,不知是什么时候开始有的。这个名称我也不敢确定,因为那人的叫声中音乐的成分太多,字眼听不清楚。问问别人,都说"爆炒米花吧"。然而爆而又炒,语法欠佳,恐非正确。但这姑且不论,总之,这是用高热度把米粒放大的一种工作。这工作的工具是一个有柄的铁球、一只炭炉、一只风箱、一只麻袋和一张小凳。爆炒米花者把人家托他爆的米放进铁球里,密封起来,把铁球架在炭炉上;然后坐在小凳上了,右手扯风箱,左手握住铁球的柄,把它摇动,使铁球在炭炉上不绝地旋转,旋到相当的时候,他把铁球从炭炉上卸下,放进麻袋里,然后启封——这时候发出"砰"的一响,同时米粒从铁球中迸出,落在麻袋里,颗颗同黄豆一般大了!爆炒米花者就拿起麻袋来,把这些米花倒在请托者拿来的篮子里,然后向他收

---

[1] 本文系作者生前未发表过的手稿。

取若干报酬。请托者大都笑嘻嘻地看看篮子里黄豆一般大的米花，带着孩子，拿着篮子回去了。这原是孩子们的闲食，是一种又滋养、又卫生、又经济的闲食。

我家的劳动大姐主张不用米粒，而用年糕来托他爆。把水磨年糕切成小拇指大的片子放在太阳里晒干，然后拿去托他爆。爆出来的真好看：小拇指大的年糕片，都变得同十支香烟篰子一般大了！爆的时候加入些糖，吃起来略带甜味，不但孩子们爱吃，大人们也都喜欢，因为它质地很松，容易消化，多吃些也不会伤胃。"硁隆硁隆"地嚼了好久，而实际上吃下去的不过小拇指大的一片年糕。

我吃的时候曾经作如是想：倘使不爆，要人吃小拇指大的几片硬年糕，恐怕不见得大家都要吃。因为硬年糕虽然营养丰富，但是质地太致密，不容易嚼碎，不容易消化。只有胃健的人，消化力强大的人，例如每餐"斗米十肉"的古代人，才能吃硬年糕；普通人大都是没有这胃口的吧。而同是这硬年糕，一经爆过，一经放松，普通人就也能吃，并且爱吃，即使是胃弱的人也消化得了。这一"爆"的作用就在于此。

想到这里，恍然若有所感。似乎觉得这东西象征着另一种东西。我回想起了三十年前，我初作《缘缘堂随笔》时的一件事。

《缘缘堂随笔》结集成册，在开明书店出版了。那时候我已经辞去教师和编辑之职，从上海迁回故乡石门湾，住在老屋后面的平屋里。我故乡有一位前辈先生，姓杨名梦江，是我父亲的好友，我两三岁的时候，父亲教我认他为义父，我们就变成了亲戚。我迁回故乡的时候，我父亲早已故世，但我常常同这位义父往来。他是前清秀才，诗书满腹。有一次，我把新出版的《缘缘堂随笔》送他一册，请他指教。过了几天他来看我，谈到了这册随笔，我敬求批评。他对那时正在提倡的白话文向来抱反对态度，我料他的批评一定是否定的。果然，他起初就局部略微称赞几句，后来的结论说："不过，这种文章，教我们做起来，每篇只要廿八个字——一首七绝；或者二十个字——一首五绝。"

　　我初听到这话，未能信受。继而一想，觉得大有道理！古人作文，的确言简意繁，辞约义丰，不像我们的白话文那么啰里啰唆。回想古人的七绝和五绝，的确每首都可以作为一篇随笔的题材。例如最周知的唐诗："去年今日此门中，人面桃花相映红。人面不知何处去，桃花依旧笑东风。""少小离家老大回，乡音无改鬓毛衰。儿童相见不相识，笑问客从何处来？"这两个题材，倘使教我来表达，我得写每篇两三千字的两篇抒情随笔。"昨日入城市，归来泪满巾：遍身罗绮者，不是养蚕人。""长安买花者，一枝值万钱。道旁有饥人，一钱不肯捐。"这两个题材，倘教我来表达，我也许要写成——倘使我会写的话——两篇讽喻短篇小说呢！于是我佩服这位老前辈的话，表示衷心地接受批评。

　　三十年前这位老前辈对我说的话，我一直保存在心中，不料今天同窗外的"爆炒米花"相结合了，我想：原来我的随笔都好比是爆过、放松过的年糕！

一九五七年一月二十日作于上海

食 肉[①]

我从小不吃肉,猪牛羊肉一概不要吃,吃了要呕吐。三四岁以前,本来是要吃的,肥肉也要吃。但长大起来,就不要吃了。原因何在,不得而知。大约是生理关系,仿佛牛马羊不要吃荤,只要吃草。我母亲喜欢吃肉。她推己及人,担心我不吃肉身体不好,曾经将肥肉切成小粒,用豆腐皮包好,叫我吞下去。我遵命。但入胃不久,即觉异样,终于呕吐,连饭也吐光。母亲灰心了,于是我成了一个不食肉者,连鸡鸭也不要吃,只能吃鱼虾。

不食肉是很不方便的。出门做客,参加聚餐,席上总是肉类。有的人家,青菜用肉汤烧,鱼肚中嵌肉。这是最讲究的,却是和我为难。有一次我在一位老先生家便饭。席上鱼肉之外有青菜和豆腐。老先生知道我不吃肉,请我吃豆腐和青菜。但我一看,豆腐和青菜中都加些肉屑,我竟不能下箸。向主人讨些生豆腐,加些麻油酱油,津津有味地吃了一餐饱饭。旁人都说奇怪。谁谓荼苦,其甘如荠呀!

[①] 本篇收入《缘缘堂随笔集》1983年版。

我曾在杭州第一师范做住宿生。饭厅里每桌七人，每餐四菜一汤，其中必有一碗肉。七块肉排列在上，底下是青菜。我应得的一块肉，总是送别人吃，六人轮流受用。因此同学们都喜欢和我同桌。有时星期日约同学出外聚餐，我总拉他们到功德林、素香斋。他们也说素菜好吃，然而嫌它营养不良。我入社会后，索性自称素食者，以免麻烦。其实鳜鱼、河蟹，我都爱吃。

　　遍观古往今来，中土外国，无不以肉为美味。"六十非肉不饱""晚食以当肉"，足见人们对肉的珍视。我不吃肉，实在是"大逆不道"！但我"知故不改"，却笑"食肉者鄙"。

第二辑

画之有情

艺术三昧[1]

有一次我看到吴昌硕写的一方字。觉得单看各笔画,并不好。单看各个字,各行字,也并不好。然而看这方字的全体,就觉得有一种说不出的好处。单看时觉得不好的地方,全体看时都变好,非此反不美了。

原来艺术品的这幅字,不是笔笔、字字、行行的集合,而是一个融合不可分解的全体。各笔各字各行,对于全体都是有机的,即为全体的一员。字的或大或小,或偏或正,或肥或瘦,或浓或淡,或刚或柔,都是全体构成上的必要,绝不是偶然的。即都是为全体而然,不是为个体自己而然的。于是我想象:假如有绝对完善的艺术品的字,必在任何一字或一笔里已经表出全体的倾向。如果把任何一字或一笔改变一个样子,全体也非统统改变不可;又如把任何一字或一笔除去,全体就不成立。换言之,在一笔中已经表出全体,在一笔中可以看出全体,而全体只是一个个体。

---

① 本篇原载《小说月报》1927年8月10日第18卷第8号。

所以单看一笔一字或一行，自然不行。这是伟大的艺术的特点。在绘画也是如此。中国画论中所谓"气韵生动"，就是这个意思。西洋印象画派的持论："以前的西洋画都只是集许多幅小画而成一幅大画，毫无生气。艺术的绘画，非画面浑然融合不可。"在这点上想来，印象派的创生确是西洋绘画的进步。

这是一个不可思议的艺术的三昧境。在一点里可以窥见全体，而在全体中只见一个体。所谓"一有多种，二无两般。"① 就是这个意思吧！这道理看似矛盾又玄妙，其实是艺术的一般的特色，美学上的所谓"多样的统一"，很可明了地解释，其意义：譬如有三只苹果，水果摊上的人把它们规则地并列起来，就是"统一"。只有统一是板滞的，是死的。小孩子把它们触乱，东西滚开，就是"多样"。只有多样是散漫的，是乱的。最后来了一个画家，要写生它们，给它们安排成一个可以入画的美的位置——两个靠拢在后方一边，余一个稍离开在前方——望去恰好的时候，就是所谓"多样的统一"，是美的。要统一，又要多样；要规则，又要不规则；要不规则的规则，规则的不规则；要一中有多，多中有一。这是艺术的三昧境！

宇宙是一大艺术。人何以只知鉴赏书画的小艺术，而不知鉴赏宇宙的大艺术呢？人何以不拿看书画的眼来看宇宙呢？如果拿看书画的眼来看宇宙，必可发见更大的三昧境。宇宙是一个浑然融合的全体，万象都是这全体的多样而统一的诸相。在万象的一点中，必可窥见宇宙的全体；而森罗的万象，只是一个个体。勃雷克（布莱克）的"一粒沙里见世界"，孟子的"万物皆备于

---

① 此句选自《碧岩录》。

我",就是当作一大艺术而看宇宙的吧!艺术的字画中,没有可以独立存在的一笔。即宇宙间没有可以独立存在的事物。倘不为全体,各个体尽是虚幻而无意义了。那么这个"我"怎样呢?自然不是独立存在的小我,应该融入于宇宙全体的大我中,以造成这一大艺术。

邻　人[1]

前年我曾画了这样的一幅画：两间相邻的都市式的住家楼屋，前楼外面是走廊和栏杆。栏杆交界处，装着一把很大的铁条制的扇骨，仿佛一个大车轮，半个埋在两屋交界的墙里，半个露出在檐下。两屋的栏杆内各有一个男子，隔着那铁扇骨一坐一立，各不相干。画题叫作"邻人"。

这是我从上海回江湾时，在天通庵附近所见的实景。这铁扇骨每根头上尖锐，好像一把枪。这是预防邻人的逾墙而设的。若在邻人面前，可说这是预防窃贼的蔓延而设的。譬如一个窃贼钻进了张家的楼上，界墙外有了这把尖头的铁扇骨，他就无法逾墙到隔壁的李家去行窃。但在五方杂处，良莠不齐的上海地方，它的作用一半原可说是防邻人的。住在上海的人有些太古风，"打牌猜拳之声相闻，至老死不相往来。"这样，邻人的身家性行全不知道，这铁扇骨的防备原是必要的了。

我经过天通庵的时候，觉得眼前一片形形色色的都市的光景

---

[1] 本篇原载《良友》图书月刊1933年1月第73期。

中,这把铁扇骨最为触目惊心。这是人类社会的丑恶的最具体、最明显、最庞大的表象。人类社会的设备中,像法律、刑罚等,都是为了防范人的罪恶而设的;但那种都不显露形迹。从社会的表面上看,我们只见锦绣河山,衣冠文物之邦,一时不会想到其间包藏着人类的种种丑恶。又如城、郭、门、墙,也是为防盗贼而设的。这虽然是具体而又庞大的东西,但形状还文雅,暗藏。我们看了似觉这是与山岭、树木等同类的东西,不会明显地想见人类中的盗贼。更进一步,例如锁,具体而又明显地表示着人类互相防备的用意,可说是人类的丑恶的证据,羞耻的象征了。但

两屋的栏杆内各有一个男子,
隔着那铁扇骨一坐一立,各不相干。

它的形象太小，不容易使人注意；用处太多，混迹在箱笼门窗的装饰纹样中，看惯了一时还不容易使人明显地联想到偷窃。只有那把铁扇骨，又具体，又明显，又庞大地表示着它的用意，赤裸裸地宣示着人类的丑恶与羞耻。所以我每次经过天通庵，这件东西总是强力地牵惹我的注意，使我发生种种的感想。造物主赋人类以最高的智慧，使他们做了万物之灵，而建设这庄严灿烂的世界。在自称文明进步的今日，假如造物主降临世间，一一地检点人类的建设，看到锁和那把铁扇骨而查问它们的用途与来历时，人类的回答将何以为颜？对称的形状，均齐的角度，秀美的曲线，是人类文化最上乘的艺术的样式。把这等样式应用在建筑上、家具上、汽车上、飞机上，原足以夸耀现代人生活的进步；但应用在锁和这铁扇骨上，真有些可惜。上海的五金店里，陈列着各式各样的"四不灵"①锁。有德国制的、有美国制的，有几块钱一把的、有几十块钱一把的，有方的、有圆的、有作各种玲珑的形状的。工料都很精，形式都很美，好像一种徽章。这确是一种徽章，这是人类的丑恶与羞耻的徽章！人类似嫌这种徽章太小，所以又在屋上装起很大的铁扇骨来，以表扬其羞耻。使人一见就可想起世间有着须用这大铁扇骨来防御的人，以及这种人的产生的原因。

我在画上题了"邻人"两字，联想起了"肯与邻翁相对饮，隔篱呼取尽余杯"的诗句。虽然自己不喝酒，但想象诗句所咏的那种生活，悠然神往，几乎把画中的铁扇骨误认为篱了。

廿一年（1932年）十二月十四日

---

① "四不灵"，英文 spring（弹簧）的音译，指弹簧锁。

贺　年①

十二月三十一日的清晨，我被弟弟的声音惊醒。他一早起身，正在隔壁房里且跳且叫："日历只有一张了！过年了！大家快点起来过年！"随后是姆妈喊住他的声音："如金！静些！爸爸被你打觉②了！你已是高小学生，五年级读了半年了，怎么还是这般孩儿气，清早上大声叫跳？"弟弟静了下来，接着低声地向妈妈要新日历看。我连忙披衣起床，心中想：这回是今年最后一次的起床，明天便是新年例假了。这一想使我不怕冷，衣裳穿得格外快些。但回想姆妈对弟弟说的话，又想到我六年级已读了半年，再过半年要毕业了，不知能不能……有些担心。

我一面扣衣纽，一面走进姆妈房中。看见日历上果然只挂着单薄薄的一张纸，样子怪可怜的。弟弟捧着一册新日历，正在窗前玩弄。我走近去一看，只见厚厚的一刀日历，用红纸封好了，装在一片硬纸板上。纸板上端写着某香烟公司的店号。店号下面

---

① 本篇原载《新少年》创刊号 1936 年 1 月 10 日。
② 打觉，作者家乡方言，意即吵醒。

描着图案,图案中央作一长方形的圈子,圈子里面印着一个电影明星的照片。不知是胡蝶,还是徐来,我可认不得。但见她侧着头,扭着腰,装着手势,扁着嘴,欲笑不笑,把眼睛斜转来向我看。好像我们校里那个顽皮的金翠娥躲在先生的背后装鬼脸。我立刻旋转头,走下楼去洗脸。我们吃过早粥,赴校的时候,弟弟叮咛地关照姆妈,最后一张日历要让他回来撕,新日历要让他回来开。姆妈笑着答允了。

我们上完了今年最后一天的课,高兴地回到家里。弟弟放了书包就奔上楼,想去撕日历。但被爸爸阻住了。爸爸正坐在窗前的桌子旁边看画册。桌上供着一盆水仙花,一瓶天竹,一对红蜡烛,一只铜香炉,和一只小自鸣钟。——这般景象,我似觉以前曾经看到过,但是很茫然了。仔细一想,原来正是去年今日的事!种种别的回忆便跟了它浮出到我的脑际来。

爸爸对弟弟说:"今天是今年最后的一天,我们不要草草过去。我们大家来守岁,到夜半才睡觉。日历也要到夜半才可撕。在夜里,我们还要做游戏,讲故事,烧年糕吃呢!"弟弟听了又跳起来,叫起来。爸爸拉住他的臂膊说:"不要性急,今年还有八个钟头呢。你们乘这时候先画一张贺片,向你们的最好的朋友贺年。"

"好,好,好!"我们答应着,抢先飞奔下楼,向书包里去拿画具。途中我记起了:去年图画课中华先生叫我们画贺片,我画一只猪猡,同学们大家说"难看,难看。"华先生偏说"好看。"他说:"你们为什么看轻猪猡?你们不是大家爱吃它的肉吗?"后来我告诉爸爸,爸爸说:"因为中国画家向来不画猪猡,所以大家看不惯。其实也没啥,不过样子不及兔子、山羊那般玲珑罢了。"今年不知应该画什么动物了？等会儿问问爸爸看。

我们把画具端到楼上，放在东窗下的桌上，开始画贺片了。画些什么呢？我就问爸爸明年是什么年。爸爸说明年是丙子年，子年可以画个老鼠。但我所发见的题材，被弟弟抢了去。他说："我画老鼠！老鼠拉车子！昨天我在《小人国》里看见过的。"我同他论理，但他连说"对起，对起，对起，对起"，管自拿铅笔打稿子了。"对起"就是"对不起"，是他近来的口头禅。他每逢自知不合而又不舍得放弃的时候，便这样说。我知道他已热心于画老鼠拉车了，就让让他吧。但是我自己画什么呢？想了好久，记得以前华先生教我们画花的图案，我画得很高兴。现在就画些花的图案吧。

我的颜料没有上完，弟弟已经画好，拿去请爸爸看了。我赶快完成，也拿过去。但见爸爸拿着剪刀正在裁剪弟弟的画纸。一面说着："你画老鼠拉车，不可画得太高。下面剪掉些，上面多留些空地写字吧。"剪成了明信片样的一张，他又说："上面太空，添描一个很长的马鞭吧。"弟弟抢着说："本来是有马鞭的，我忘记了！"爸爸就用指爪在贺片上划一个弯弯的线痕，叫他照样去画。爸爸看了我的画，说："很好看，但你可用更深的红在花瓣上作个轮廓，用更深的绿在叶子上作个轮廓。那么，深红配淡红，深绿配淡绿，好看得多。这叫作'同类色调和'。"我照他所说的去改了。弟弟已经画好马鞭，看看我的画，跳起来说："姐姐用颜料的！不来，不来，我要画过！"就向爸爸嚷着要换。爸爸说："如金！画不一定要用颜料的呀！你姐姐的是'装饰画'，所以用颜料。你的是'记事画'，可以不用颜料。"但弟弟始终不满意，噘起小嘴唇看我的画，连说着"我要画过，我要画过"。这时候姆妈进来了。她听见了弟弟咕噜咕噜,就来看他的画,知道他嫌没有颜料,就对他说:"也可以着颜料的。我教你吧:小人的衣服上着红色,小车的轮子上着黄色,老鼠和车子本来是黑色的。"弟弟照姆妈的话做了,觉得果然好看,就笑起来。爸爸衔着香烟,也走过来看,笑着说:"很好,很好,全靠姆妈,不然又要闹气了。但我看红色太孤零,没有'呼应'。最好拉车的绳子换了红色。"弟弟又抢着说:"原是一根红头绳呀!我在《小人国》里看见的。"于是大家商量改的方法。姆妈对我说:"逢春!你帮帮他吧。先用橡皮将黑绳略略擦去,然后用白粉调了红颜料盖上去。"我照姆妈的话给他改。弟弟见我改成功了,又连说"对起,对起,对起,对起"。姆妈说:"不要'对起'了,且说你们这两张贺片送给哪个。"我和弟弟齐声说出:"送给秋家叶心哥哥。"爸爸说"好"。就教我们写字。姆妈说:"写好了大家下来吃夜饭吧。吃过夜饭还要守岁呢。上星期叶心曾说放了年假来守岁,黄昏时他也许会来的。"说过,就先自下楼去了。

  弟弟吃饭来得最迟,他手里拿着一封信,封壳上贴着一分邮票,写着"本镇梅花弄八号秋叶心先生收,梅花弄二号柳宅寄"。匆忙地对我们说:"我到邮政局里去寄了这两张贺片再来吃饭。"就飞奔去了。爸爸笑着说:"哈哈!还是秋家近,邮政局远呢!"姆妈也说:"恐怕信没有到邮政局,人已经来这里了!"

  吃过夜饭,我们正在点起红烛,准备守岁的时候,邮差敲门了。我们收到一封城里寄来的信。拆开一看,原来是叶心哥哥从县立初级中学寄来的贺年片。附着一封信,说他要今日晚回家,先把贺片寄给我们,晚上他也来我家守岁。我和弟弟欢喜得很,忙将贺片给爸爸看,爸爸啧啧称赞道:"到底不愧为美术家的儿子!又不愧为中学生!他的画兼有你们二人的画的好处呢:逢春画两枝花,形式固然美观了;但是内容没有表示新年的意义。如金画只老鼠,内容原有新年的意义了;但是形式好像《小人国》童话书里的插画,不甚适于贺片的装饰。亏得加了一根长马鞭,把'恭贺新喜'等字钩住,还有点图案的意味。现在看到叶心的画,觉得是两全的了。在形式上,松树占了左边;地、海和朝阳占了下边;青云和松叶占了上边,成了三条天然的花边。在内容上,这几种东西又都含有庆贺新年的意思:初升的太阳、常青的松树、高的云、广的海、和活泼地出巢的小鸟,没有一样不表出新年的欢乐和青年的希望。题的字也很有意味呢!"我们争问爸爸怎么叫做"美意延年"?他继续说:"这是出于《荀子》里的。美意就是快美的心,也可说就是爱美的心。延年就是延长寿命。一个人爱美而快乐,可以康健而长寿。这意思比你们的'恭贺新喜'高明得多了。"我听了觉得脸上有些发热,同时更佩服叶心哥哥的天才了。爸爸又仔细看他的贺片,摇摇头对姆妈说:"叶心的美术的确进步了。你看他布置多少匀称:太阳耸得最高的地方,这一行字特地缩短些,交互相补。进中学才半年,就这样进步,这孩子……"姆妈正拿着一本新日历想要去挂。爸爸随手把贺片放在日历上端的电影明星的照片上,说道:"咦!大小正好。倘换了这张,好看得多,有意思得多呢。"我本来讨厌这装鬼脸的金翠娥。要挂着了教我看她一年,真有些难受。我连忙赞成爸爸的话,提议把贺片用糨糊粘上。爸爸和姆妈都说"好",弟弟也说"好"。我就实行我的提议。但把糨糊涂到电影明星的脸上和身上去的时候,我又觉得有些对她不起。旁观的弟弟早已感到这意思,他笑着说:"对起,对起,对起,对起!"

不久，叶心哥哥来了。他果然还没有收到我们的贺片。我们谢他的贺片，并把爸爸称赞他的话告诉他，羡慕他的美术的进步。他脸孔红了，咬着嘴唇旋转头去，恰好看见了粘在日历上边的贺片。他惊奇地一笑，又转向别处。后来对我们说："待我收到了你们的贺片，把它们镶在镜框里！"

我们这晚做了种种游戏，讲了许多故事，又吃年糕和桔子。直到敲出十二点钟，方才由弟弟撕去最后一张旧日历，打开新日历。年已经过了！父亲派工人送叶心哥哥归家。我们送他出了门，各自去睡觉。我梦到"美意延年"的画境里，在那松下海边盘桓了多时。醒来时，元旦的初阳已照在我的床上了。

初　步①

　　徐妈提着一大篮黄矮菜，两只小脚在天井里的石板上"嘀嘀嗒嗒"地敲进来，嘴里喊着："小客人来了！"我和弟弟并不问她，赛跑似的赶到门口。但见河埠上停着一只赤膊船，船里坐着雪姑母，雪姑母手里抱着镇东。茂春姑夫蹲在岸上，正在把船缆缚到凉棚柱脚上去。我们齐喊："镇东！镇东！"镇东两只手用力撑住雪姑母的下巴，拼命想从她身上爬下来，并不理睬我们。雪姑母两手抱住他，仰起头，代替他答应："喂！逢春姐姐！喂！如金哥哥！"说最后两字时，嘴巴被镇东的手盖住了，发音好像"如金妈妈！"岸上的人大家笑起来。雪姑母就在笑声中上了岸。

　　我还记得，镇东是前年"九一八"出世的。当时茂春姑夫来报告我们，笑嘻嘻地说："倒养个团团。"又说："娘舅给毛头起个名字吧。"后来爸爸就在一张红纸上写"蒋镇东"三个大字，上面又横写"长命康强"四个小字，和产汤一同送去。这好像还

---

① 本篇原载《新少年》1936年3月10日第1卷第5期。

是昨天的事，谁知镇东已长得这么大了。当雪姑母擒了他走进我家时，他不绝地想爬下来，使得雪姑母几乎擒拿不住。到了堂前，雪姑母把他放在方砖地上，说："让你去爬吧！娘舅家的地上比乡下人家的桌子还干净呢。"接着又对姆妈说："'爬还爬不动，想走！'——就是他！他在家里只管在泥地上爬，拾了鸡粪当荸荠吃的！"说得大家又笑起来。姆妈走过去抱了他，教他坐在膝上。我们大家围拢去同他玩笑。

镇东"叫名三岁"，其实只有一岁半。他不像城市里的小孩子一般怕陌生人。好久不到我家，一到就同我们熟识。雪姑母教他叫人，"娘舅！""舅妈！"他都会叫，而且叫时声音响亮，脸上带着笑容，非常可爱。雪姑母说他到别处去没有这样乖。姆妈说到底是外婆家，外婆家原同自家一样。爸爸却说："一半也是长在乡下的缘故。乡下的环境比城市好得多呢。"他伸手捏捏镇东的小腿，又摸摸他的圆肥而带紫铜色的小脸，咬紧了牙齿说："你看！一股健康美！定要有这样的好体格，将来才能'镇东'呀！"又握他的小手，笑着对他说："将来你去'镇东'，不要忘记啊！"镇东咪咪地笑。

镇东在姆妈身上坐得不耐烦了，又开始要爬下来。爸爸退后几步，张开两臂蹲在地上，对姆妈说："不要给他爬，让他学学步看。来！你放他走过来。"姆妈扶他站定在地上，说着："镇东乖乖，走到娘舅那里去！"镇东高兴得很，看着爸爸笑，同时慢慢地摆稳他的步位来。姆妈一放手，他居然摇摇摆摆地跑到了爸爸的怀里。堂前一阵欢呼。爸爸立刻抱住他，站起身来，用手拍他的背。他把圆圆的小脸偎在爸爸的肩上，咪咪地笑，表示成功的欢喜。

梵高临摹米勒的《初步》

这般可爱的光景,我们似觉曾在什么地方看见过,一时记不起来。正在回想,弟弟对我说了:"姐姐,刚才的样子,活像华明房间里挂着那张画里的光景呢!不过不在野外而在屋里。"我恍然大悟,抢着说:"不错,不错,米叶(米勒)的《初步》,叶心哥哥的画帖里也有一张的。"弟弟说:"我们要他再做一遍,教爸爸拍一张照,好不好?"我说:"好。"于是我们一同要求爸爸,爸爸立刻赞成,叫我就到楼上去拿照相机。继又阻止我,踌躇地说:"在什么地方照呢?先想好了'构图'再说。"弟弟断然地说:"到后墙圈里,篱笆外面,槐树底下,鸡棚边,照出来就同那张画一样。"爸爸笑着点点头,就同我们去看地方。这时候姆妈正摆好了糕茶盆子,请茂春姑夫、雪姑母和镇东吃茶点。弟弟回头对镇东说:"你多吃点糕糕,吃好了糕糕,我们同你拍照!"

爸爸叫我和弟弟二人装出人物的姿势来,从远处望望,又踌躇地说:"米叶的构图,我记得是很好的。不知人物怎样布置?可惜找不到那张画来参考。"弟弟说:"华明有,我去借。"拔起脚来就走。爸爸喊他不住,让他去了。过了一会儿,弟弟气喘喘地夹了画框回来,后头跟着华明。华明对爸爸说:"柳先生!你们要照美术的《初步》?"我们大家笑起来。弟弟教他:"不是'美术',是米叶!我们这里今天来了一个挨霞,《阳光底下的房子》里的挨霞,你认识吗?我们要照你这张画的样子给他拍个照。"说着,把画框递给爸爸,就拉华明到屋里去看镇东。爸爸看了那画,欢喜地对我说:"没有这样巧的!我们的篱笆和树的位置,正同画里一样。要算①那个鸡棚,恰巧代替了画里的小车。假如没有这个,左边太轻,构图就不稳了。好!我们完全模仿它。你去拿照相机吧。"

我拿了照相机回来时,茂春姑夫、雪姑母、镇东、华明、弟弟和姆妈,都已来到。爸爸叫弟弟逗着镇东玩耍,单请茂春姑夫和雪姑母先来演习。他在镜箱后面的毛玻璃上仔细审察,校正他们的姿势和位置。确定之后,就叫我抱镇东到雪姑母身边去,叫她扶着。镇东全不知道要被拍照,张着两只小臂,哧哧地笑,跃跃欲试,比前次更加高兴,样子也更加可爱了。雪姑母和茂春姑夫却拘束起来。雪姑母仓皇地叫:"等一等照!我的衣裳没有扯挺,我的头发恐怕蓬着呢!"爸爸说:"还未照呢,现在先试做一遍看。真果要照时我会通知你们的!"于是大家放心,很自然地演习起来。雪姑母摆开步位,弯着腰,提着镇东的两腋,一面

---

① 要算,作者家乡方言,意即:尤其值得一提的是。

笑,一面说:"团团走,团团走,走到爸爸那儿去!"茂春姑夫跪下左膝,伸出一双大手,起劲地大喊:"团团来,镇东来。"正在这时候,照相镜头上"的"一响,爸爸叫道:"好,好!照好了!"雪姑母呆了一会儿,后来说:"上了你的当,我全然不得知呢!"爸爸笑着回答她道:"不得知才好呢!得知了照出来一定不自然的。"说着就拿了照相机回进屋里去。我们大家留在墙圈里玩耍。我扶着镇东走路,弄皮球,捉猫,拾鸡蛋。弟弟却和华明两人坐在石凳上谈个不休。我听见华明说:"'得知了照出来一定不自然'倒是真的。他们起初的样子,一点也没神气。后来就活泼起来,活像我那幅画里的人了。"弟弟说:"你那种月份牌的画,大都是不自然的,没有神气的,你为什么欢喜它们?"华明想了一会儿,点点头说:"呃,倒是真的。"他拿起那画框来,看了一会儿,自言自语地说:"这个好,这个好。"又说:"你们不要用了?我带回去挂着吧。"说过,就夹了画框告辞。姆妈说快吃饭了,我们大家就回进屋里。

爸爸的扇子[①]

从烧野火饭这一天——立夏日起,爸爸手里拿了一把折扇。虽然一个月来天气很冷,有几天他还穿棉袍子,但是这把扇子难得离开他的手。我们每天放学回家,看见他总是读着扇子上的字画,在院中徘徊。因为这正是他每天著述工作完毕而开始休息的时候,而他的休息时间娱乐法,最近已由种花种菜改变为读扇与院中散步了。

这曾经使得徐妈奇怪。她有一次对我说:"你爸爸每天看那把扇子,看了这多天还看不厌,真耐烦呢!"我笑起来。原来她没有知道,爸爸有一藤篮的折扇,据姆妈说,大约共有一百多把。这是他历年请人书画,积受起来的。每年立夏过后,他就用扇,一两天掉换一把。徐妈不知道这一点,以为他看的老是这一把,所以奇怪起来。我把这情形告诉了她,她更加奇怪了。"咦!一个人有一百多把扇子,好开爿扇子店了!扇子店里也拿不出这许多呢!"

姆妈对于他这点特癖,也常表示不赞成。娘舅家的叶心哥哥入

[①] 本篇原载《新少年》1936年6月10日第1卷第11期。

中学时，姆妈向藤篮里拣扇子，对爸爸说："你一个人也用不得这许多扇子。叶心很爱好字画，拣一把没有款识的送他作为入中学的纪念品吧。"但是爸爸不肯，反抗地说："我的扇子都有印子，都有年代，而且每一把可以引起对于一书一画的两个朋友的怀念，怎么好拿去送人？你要送叶心，我自己画一把送他吧。倒比送现成的来得诚意。"以后他就把盛扇子的藤篮藏好。因此我们难得看见爸爸的扇子。最近他虽然天天拿着扇子，我们也只看见他拿着扇子而已，没有机会去细看他扇子上写着的字和描着的花。

今天放学回家后，弟弟从便所出来，笑嘻嘻地告诉我说："爸爸的一件宝贝落在我手里了。你看！"他拿出一把扇子来。我接过来一看，正是这几天爸爸手里常常拿着的一把。料想这一定是爸爸遗忘在便所里的。弟弟说："我们暂时不要还他。等他找的时候，要他讲个故事来交换！"我很赞成。同时我想："爸爸天天捧着扇子在院子里踱来踱去地看，究竟扇子上有些什么花样？现在让我仔细看它一看。"但见一面写着字，全是草书，一个也识不得，一面描着画，有山，有树木。山间有一间房子，房子的窗洞里面有一个人，驼着背脊，伸着头颈，好像一只猢狲，看了令人觉得可笑。别的东西也都奇怪：那山好像草柴堆，一条一条的皱纹非常显著。那树木好像玩具，上面的树叶子寥寥数张，可以数得清楚。那房子小得很，只有一个窗洞，窗洞中只容一个人。而且孤零零的，旁边没有邻居，前后左右只是山和树。我不禁代替那猢狲似的人着急：设想到了晚上，暴风雨把这房子吹倒了，豺狼虎豹来吃这人了，喊"地方救命"① 也没人答应。细看

---

① 意即喊附近一带地方上的人来救命。

这环境里,全是荒山丛林,没有种米的田、种菜的地,不知这人吃些什么过活?这总是爸爸的朋友中的某一位画家所描的,不知这位画家为什么选择这样的光景来描在爸爸的扇子上?难道他自己欢喜住在这样的地方的?不然,难道是爸爸欢喜住在这种地方,特地请他这样描的?我心中诧异得很,就把这感想告诉弟弟。弟弟说:"上面有字呢。你看他怎么说的?"我把扇子左角上题着的两句诗念出来:"闲坐小窗读《周易》,不知春去几多时。"《周易》我知道的,是中国很古的又很难读的一部古书,就对弟弟说:"啊,原来这人住在这荒山中读古书,读得连日子都忘记,春去了几多时也不晓得呢!"弟弟说:"前天我们班里的陈金明在日记簿子上写错了日子,先生骂他'糊涂'。这人连春去了几多时也不晓得,真是糊涂透顶了!"他想了一想,又自言自语地说:"扇子上为什么描这样的画,又题这样的诗?这有什么好处呢?"

山水扇

外面有爸爸懊恼的声音:"到哪里去了?我明明记得放在便所里的脸盆架上的,怎么寻破了天也不见……"弟弟向我缩缩头颈,伸伸舌头,拿了扇子就走,我也跟他出去。弟弟把扇子藏在背后,对爸爸说:"爸爸找扇子吗?我能给你寻着,倘你肯讲个故事给我们听。"爸爸知道他的花样,一面拉着他搜索,一面笑着说:"你还了我扇子,晚上讲故事给你听。"弟弟背后的扇子就被他搜去。他把扇子展开来反复细看,看见没有损坏,才表示放心。我乘机把关于画的怀疑质问他:"为什么他给你画上一个住在可怕的荒山里,而糊涂得连日子都忘记的人在扇子上?"爸爸笑一笑说:"这原是过去时代的大人所欢喜的画,你们当然不会欢喜,也不应该欢喜。"我更奇怪了,接着又问:"过去的大人为什么欢喜这个呢?"爸爸坐在藤椅上了,兴味津津地告诉我这样的话:

"中国古时,人口没有现今这么多,交通没有现今这么便,事务没有现今这么忙,因此人的生活很安闲,种田吃饭,织布穿衣之外,可以从容地游山玩水。有的人终年住在山水间,平安地过着清静的生活。但这是远古时代的情形了。到后来,世间渐渐混乱,事务渐渐烦忙,人的生活已不容那么安闲。但是中国人有一种特别的脾气,就是'好古'。对于无论什么东西,总以为现在的坏,古代的好。于是生在烦忙时代的人极口赞美古代的清静生活,一心想回转去做古人才好。这梦想就在他们的画里表现出来。在京里做官的画家,偏偏喜画寒江上钓鱼一类的隐居生活;住在闹市里的画家,偏偏喜画荒山中读古书一类的清闲生活,山水画得越荒越好,人物画得越闲越好。"他指点他的扇子继续说:"于是产生了这样的没有邻侣,没有粮食,不怕风雨,不怕虎狼,而忘记了日子的荒山读《易》图。这原是不近人情的,但在他们看来,越不近人情越好。"说到这里他讥讽地笑起来。接着又认真地说:"可是现在这种画不能使多数人欢喜了。因为现在这时代交通这么便,生存竞争这么烈,人生的灾难这么多,人们渐渐知道做过去的梦,无济于事;对于描写过去的闲静生活的画,也就减却了兴味。你们是现代人,在学校里受着现代人的教育,所以你们不会欢喜这种画,也不应该欢喜这种画。不但你们,就是我,对于这种画也不能发生切身的兴味。只是这把扇是三十年前的旧物,我把它当作纪念品看待,当作古董赏玩罢了。"爸爸折叠了扇子,立起身来,用了另一种兴味津津的语调继续说:"扇面是中国特有的一种绘画呢!要在弧形的框子里构一幅美观的图,倒是一件很不容易而很有趣味的事呢!其实画扇面不必依照古法,老是画些山水花卉,西洋画风的现代生活的题材,也可巧妙地装进弧形的构图中去。你们不妨试描描看,很有趣味的。"夜饭的碗筷已经摆在桌上。爸爸说过后捧了他的宝贝回进书室去,预先把它藏好了再来吃夜饭。我对于他最后的几句话觉得很有兴味。预备去买一张扇面来试描一下看。

姆妈洗浴[①]

里面发出一阵惊慌的喊声。我当作火起了,连忙丢了手里的西瓜跑进去看,弟弟也跟了进来。

原来喊声从浴室里发出,是姆妈的声音:"不要来!不要来!等一会儿来!等一会儿来!"其音仓皇而尖锐。除了去年隔壁豆腐店里失火的那一次以外,姆妈从来不曾发过这样的喊声。我回头看浴室的对面,但见厢楼的瓦上高高地站着一个工人,低缩着头,脸上带着难为情似的笑容,正在小心地跨着脚步,慢慢地走下瓦来。我看了这光景,一想,笑得仰不起头来。

我家的浴室是由厢楼改造的。玻璃窗的下半部挂着比人头更高的窗帏,窗外来去的人不能望见室内。但玻璃窗的上半部没有遮蔽,坐在浴室里可以望见对面的厢楼的屋上生着几朵瓦花,走过一只白猫。有一次我正在洗浴,看见那白猫又同了隔壁豆腐店里的黄猫来,一齐站在瓦上向我注视。我几乎喊"姆妈"了,后来想起了它们是猫,没有喊出。刚才爸爸正在开西瓜,那泥水司

---

① 本篇原载《新少年》1936年7月25日第2卷第2期。

务来修屋漏，爸爸就叫他去修厢楼，没有想到姆妈正在洗浴，而厢楼的屋上可以望见浴室的全部的。我想象姆妈这一吓非同小可，难怪她要发出这样惊慌的喊声。然而这件事又实在可笑。弟弟茫然不解，接连地问我"为什么？笑什么？"我竟笑得说不出答话来，只管掩着嘴向外面跑。

  弟弟火冒了，跟着我跑到大厅的廊下，定要问我出来。我告诉他："姆妈在洗浴，被屋上的泥水司务看见了。"他想了一想，问道："那么你为什么这样笑呢？"我不答，他再问。我也火冒了："这不是好笑的吗？你不要'截树拔根'呀！"他说："我倒偏要'拔根'，为什么洗浴要不给人看见？难道洗浴是羞耻的，还是犯罪的？"这一问来得很凶，使我一时难于回答。我想了一想，说道："洗浴要裸体，裸体是难为情的，所以洗浴要不给人看见。"弟弟紧接着说："我还要'拔根'，为什么裸体是难为情的？明明大家都有一个身体用布包好着，为什么不许公然地打开这包裹来看看呢？"我被他说得又气又好笑，但也无法置辩。他越是起劲了："华明和我意见完全相同。前天我同他到乳鸭池去看水浴，我们同班里有许多同学在那里，大家裸着身体，走来走去，同穿衣服时毫无两样。我和华明也脱光了衣服，跳下水去，一点也不觉得难为情。后来许多裸体人坐在草地上休息时，华明提倡'裸体运动'，大家拍手赞成。可是想起了各人家里的大人们一定不许可，终于大家穿好了衣服回家。但我知道大人们不一定反对裸体。不然，爸爸的书橱里为什么有着许多西洋名家所描的裸体画呢？只有姆妈反对裸体。前回我看看爸爸书橱里的裸体画，姆妈教我不要看；后来又对爸爸说：'你这种画怪难看的，藏藏好吧，孩子们看不得的。'我暗中觉得奇怪，为什么孩子们看不得？大人们就看得？既然大人们看得，姆妈今天洗浴，就让泥水司务看看吧，何必大惊小怪呢！"

"呆话！"我旋转身来预备走开，同时对他说："不要对我胡闹了。你有本领，去同爸爸辩论吧。我要预备我的初中入学测验，没有工夫同你缠。"弟弟立刻跑到书房里去找爸爸。我原想走开了。但是一种奇妙的力拉住我，我终于留停在书房外的廊下，假装整理牵牛花蔓，意欲窃听弟弟和爸爸的谈话。因为刚才我嘴上虽然斥责弟弟，心中实在同他一样地怀疑。从去年夏天起，姆妈不准我赤膊，又教我揩身一定要关在浴室里。我自己也觉得不应赤膊，不应在人前揩身。"裸体是难为情的"，这件事我和大家一样地承认。但是"为什么呢"，姆妈不曾说过，爸爸不曾说过，学校里的先生们也不曾说过，我也觉得不便问人，始终是"行而不知"。光是"行而不知"，疑问倒还简单。所可怪者，画家都不怕难为情，描出一丝不挂的裸体女子来向公众展览。难道人在描画和看画的时候，都不是人了吗？裸体既是难为情的，画家就不应该描。画家既然可描，裸体就不应该难为情。那么正如弟弟所说，"明明是大家都有一个身体用布包好着，不妨一起公然地打开这包裹来看看"了。我觉得这是世间的一大矛盾。且听爸爸如何解释这矛盾。

但听见弟弟提出了两个疑问——裸体为什么难为情？画家为什么描裸体？——之后，爸爸格格地笑个不休。最后对他说道："我讲一件故事给你听：从前的从前，世界上还没有人。天上有一个上帝和诸神。上帝有一个花园，园中种着一种树，叫作'智慧果树'。上帝派一个男神名叫亚当的，一个女神名叫夏娃的，去看守花园，但叮嘱他们不许采果子吃。天上的神都是裸体的，同你和华明洗浴时一样，不觉得难为情，只觉得自由自在，非常快乐。亚当和夏娃初进花园时也这般快乐。后来，他们偷把'智慧果'采下来，一人吃了一个。忽然眼睛和感觉都异样了，觉得裸体很难为情。他们就用树叶子编成裙子，遮蔽身体。上帝看见了，大怒，把两人驱逐出园，罚他们到世界上来做人。这是世界上最初的两个人，就是我们一切人的始祖。——这是耶稣教的《圣经》上的故事，你现在一定不相信这事实，但不久你将相信这故事中所含有的道理。现在的你和华明等人，好比是不曾吃过智慧果时的天神，但再过几年，你们一定都要吃。你姐姐已经咬过几口了。"爸爸又格格地笑，弟弟一声不响，我听到最后一句话，不期地面红起来，幸而没有被人看见。我继续站着静听爸爸对于第二疑问的解释："画家为什么要描人所认为难为情的裸体？因为美术可分为两种，一种是普通的，应用的；另一种是专门的，学术的。前者是人人应有的美术常识（例如衣服、家具、房屋等如何可使美观）。后者是专门家的美术研究。要专门研究美术，必须取法于自然，即从天然物中探求'美'的原料。山水、花卉、树木、禽鱼，都是天然物，都含有美的原料。人是天然物中最优秀的一种，所含有美的原料独多。所以专门的美术家要描写人——脱去了人造的衣服的天然的人——当作他们的基本练习。世间各种工艺美术，都是应用这种基本练习的。例如瓷器的形状、家具的模样、图案的花纹等，都是从花木禽兽或人体的某部分中模仿来的。故自然和人体，可说是美的原料。但这种原料在普通人难于理解。故裸体画只能让专家互相赏鉴；倘拿去向大众展览，实在很不适宜，而且容易引起种种误解，因为大众都缺乏美术的专门修养。只有在民众美术教养极普遍的古代希腊，裸体人像的美才能得到大众的正当欣赏。例如你们描图画用的铅笔的篓子上，印着一个上半身裸体而没有手臂的人像。这叫做维娜斯（维纳斯），是古代希腊的美与爱的女神像。这雕刻非常优美，虽然因为年代太久而损失了手臂，但头、胸、腹各部的雕刻的精美为后世所不能及，至今还是被人翻造作石膏模型，给专门的美术研究者当作临摹的范本。铅笔商人因此用它来作商标。故用普通习惯的眼睛来看，裸体人是难为情的；用专门研究的眼睛来看，裸体人是美的原料。你现在还没有成人，又没有美术的专门研究，对于我的话恐怕还听不懂。但是将来你一定会懂。那时候你对于你姆妈今天的大惊小怪和我书橱里的裸体画的怀疑，都会消释了。"爸爸立起了身，似乎要走出书房来，我赶快逃走了。

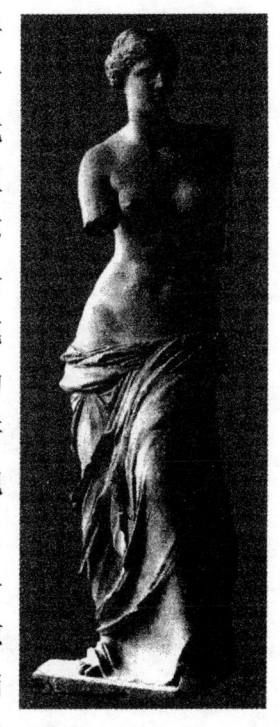

维纳斯

骗　子①

　　这回讲一个骗子的故事给小朋友们听。骗子是下流人。但我讲的骗子，表面上是上流人，实际上却是做骗子的。你们将来长大了，到社会里做人，说不定会碰到这样的坏人。大家留心，不要受他的骗。

　　我所讲的骗子，是一个当地有名的大画家。事情是这样：

　　有一处地方，很大的城市里，有一个富翁。他家里钱很多。但他从小不曾读书，他的家财，是做生意运气好赚来的。他既然不读书，便无知识。但他有很多的钱，一定要装作有知识的富翁，好在别人面前威风。他便拿出一大笔钱来，造大房子。他的房子非常高大，非常讲究，同王宫差不多。房子里面的设备，更是富丽堂皇。红木的桌子椅子、大理石的屏风、高贵的地毯、画栋、雕梁、朱栏、长廊，无所不有。只是缺少一样东西：堂前最好挂一幅名笔的古画，这才古色古香，高雅之极了。他的房子非常之高大，堂前的古画，必须要八尺长的中堂。小的画就不配

---

① 本篇原载《儿童故事》1948年3月第2卷第4期。

挂。于是他到处托人,找求这幅八尺长的名笔的古画。

话说当地有个大画家。他的名气非常之大,不但本地人知道,外埠的人也都仰慕他,常有人远道而来,拿很多的钱送他,求他作画的。这大画家很有研究,他看见过许多古画——明朝的、元朝的、宋朝的甚至唐朝的古画,他都见过,家中还藏着不少古画。因此他学得古人的画法,画出来的非常古雅,有人称赞他说:"画法直追古人。"凡是爱好古画的人,要买一幅古画,一定去请他看定,是真是假。他说真,人就买了。他说假,人就不要买了。人们对他的"法眼",是十分信仰的。

富翁到处托人访求八尺长的名笔的古画。有一天,有一个"掮客",果然替他找到了一幅。掮客,就是代人买卖的人。譬如我有古画想卖掉,就托掮客去找买的人。卖脱之后,譬如卖一百万块钱,我就拿出十万或廿万来送给掮客,酬谢他的辛苦。这一天,这掮客替富翁找到的,是一幅"八大山人"画的八尺大中堂。"八大山人"这名字,小朋友们也许在茶碗、花瓶等瓷器上面看见过。这是清朝初年的人,姓朱,名字很奇怪,"大"字底下一个"耳"字,即"耷",读作"答"。他原是明朝皇帝的本家,所以姓朱。后来明朝亡了,他做了和尚。他这和尚,专门吃酒,作画。他的别名叫作"八大山人"。他的画粗枝大叶,笔力非常强大,气势非常雄浑。当时就很有名,死后名气更大。他的遗作变成了宝贝,卖得非常之贵。有钱的人都想收藏,当作传家之宝。烧窑的人也知道他名气大,在碗上、花瓶上画画的时候,借用他的大名,写"八大山人"四字,假作这碗上、花瓶上的画是大名鼎鼎的"八大山人"画的。这明明是假的。我看一半是为了"八大山人"这几个字笔画简单,都是两笔,三笔的,写起来容易,所以烧窑的人爱借用他。这些闲话不必多说。且讲那一天,那捐客拿了八大山人的八尺大中堂去给富翁看,说:"这是中国最有名的大画家的真笔,我好容易从某县某姓人家访来的。"富翁毫无知识,对画更看不懂。他哪里晓得"八大山人"或"七大山人"呢?他一看,果然纸色黄焦焦,笔致很粗大的一幅古画,便问价钱多少。捐客说:"八大山人的东西,因为年代太古了,世界上流传的已经不多。小小的一幅,也要一两亿①。这幅八尺大中堂,更加难得,至少需价四亿元,不能再少了。"富翁有的是金条,四亿元也不在乎。但他也不肯上当,要查一查这画

大画家不说话,只是哈哈大笑。

---

① 那时的价钱数目,我已经忘记了,现在假定这数目,是照最近物价。

是真笔还是假造的。他自己没有眼睛，要请别人看。他说："放在这里，等我去请大画家看一看。若是假的，我不要；若是真的，就出四亿元同你买。"掮客高兴得很，连连点头，说："很好，很好，请大画家看，再好没有。他说真便真，假便假，是不会错的。"掮客就把画交给富翁。

富翁办了一桌酒，请大画家来吃，同时请他鉴定这幅八大山人的画。画家果然到了。酒筵非常丰盛，主人非常客气。吃到半酣，主人立起身来，双手一拱，对大画家说："今天大画家光临，小弟有一幅八大山人的古画要法眼鉴别，是真是假。这是别人拿来卖的。若是真笔，便可收买。费心了！"大画家满口答允："便当，便当！八大山人的画，兄弟见过不知多少，家里收藏的也不少。是真是假，一看就可看出，容易得很，便当，便当！"于是画家叫两个二爷①，把画挂起来。大画家戴上眼镜，站起身来，先立在远处一望，再走近去看各部，再退回远处，向画一望。他就哈哈大笑，连忙回到他的座位里去，喝他的酒。富翁问："怎么样？怎么样？"大画家不说话，只是哈哈大笑。富翁再问："到底是真的，是假的？"大画家摇摇头，干脆地说："假！假！假之至了！这不必细看，一望而知是假的！买不得，买不得。"他又哈哈大笑，喝酒，大说八大山人的真笔的好处。他的话都是专门的术语，都是有古典的。富翁张大了嘴巴静听，一点也不懂，只懂得"这画是假的"一句话。他决定不买这假画。他向大画家表示感谢："亏得法眼鉴定！不然，我大上其当了。"吃过之后，大画家就告辞，富翁送到门口，千谢万谢。

---

① 二爷，作者家乡话，指高级侍者。

第二天，掮客来了。富翁把画交还他，决然地对他说："这画我不要。大画家说是假的。你拿回去吧！"掮客吓了一跳，诧异地说："怎么是假的？大画家怎么会说假的？你老人家不要开玩笑！"富翁说："谁同你开玩笑。假的硬是假的，不要硬是不要。你不相信，去问大画家就是了。"富翁说过就回进内房去。掮客只好掮了那幅八尺长的八大山人大中堂，垂头丧气地回去。

这回富翁虽然靠了大画家的指点而没有上当，但画始终没有买到，大厅的壁上仍是空荡荡的。他总想买到一幅真的。他又到处托人，定要访到一幅八尺长的名笔的古画。但是，古画一定要名笔的，而且要八尺的，实在很难得。过了个把月，他仍未买到画。他想："还是再叫那个掮客来问问看。他那幅虽然是假的，但也许还有真的。别人连假的都没有拿来，万一没有真的，我就暂时买了那幅假的，挂挂再说。价钱要打大折扣。"于是他又派人去叫掮客来。掮客来了，他问："我要真的古代名人的大画，你有没有办到？"掮客说："老爷，这样大的古代名画，我其实办不到。我只有那天办到的那一幅。"富翁说："那天的那一幅现在还在吗？你真个办不到，就是那一幅假画吧；不过价钱要打大折扣。"掮客说："老爷，没有了！那天的那一幅，你说不要，早已被别人买去了！"富翁说："哦！哪个买去的？出多少钱？"掮客说："是大画家买去的，出四亿元，一个少不得呀！他说这是真的，他并没有对你老人家说这是假的。你老人家被欺骗了！"掮客表示愤慨而得意的样子，又说："那幅画卖四亿，我到手四千万，有得用了，不想再做生意了。你老人家托别人去找吧！"说过，转身就走。富翁想了一想，一把拉住他，说："不行，他欺骗我了！他明明对我说是假的，劝我切不可买；原来是他自己要买！他用欺骗手段来抢我的古董！不行，不行,我定要收回那幅画来。你替我去拿回来,我多给些钱你亦可。不然我要同他打官司!"掮客惊诧地说:"原来如此?是他要抢买你老人家的?我一定去说,不过他既已买去,能不能拿回来,我不敢负责。"掮客匆匆地去了。富翁愤愤地走进内房,口中自言自语:"真真岂有此理,这家伙抢我的宝贝。我非取回不可。我有的是钱!"他老人家气得发昏了。

第二天掮客又来了。讲了一大套话:"昨天我从这里走出,立刻去向大画家说,要赎回画来。岂知他对我说:'我是出四亿元买来的!他不要买,我买了。我并不犯法,有什么官司好打?'我说:'你骗他这是假画,所以他不买。你就抢买了去。这明明是欺骗罪。如果打官司,你名誉损失。我劝你还是让给他买吧。'我说过后,他脸上有点红。迟疑了一会儿,被我逼不过了,他才对我说:'他要买,拿出八亿元来,我卖给他。少一个我不肯卖,让他同我打官司吧。'我再三辩解,要他照原价卖给你,他无论如何也不肯,说了许多'打官司吧'。我看,真个打起官司来,你老人家不见得赢。因为他骗你是没有凭据的,谁叫你相信他的话呢?况且为一张画打官司,也不好听。我看,你老人家是大富翁,只要画是真的,多出三四亿元不在乎此。就出八亿买它回来吧。"富翁听了这一大套话,觉得有理,就出八亿元向大画家买了那幅八大山人的八尺大中堂。又赏了掮客二千万元。

故事好像完结了,其实还没有,小朋友们,以为我讲的骗子故事就是用欺骗手段抢买一幅古画这件事吗?不然!不然!骗子的故事还在下文呢。原来这幅画是大画家假造的。大画家看过许多古画,他手法很巧,能够照样画一幅来冒充古画。起初,富翁托掮客访求八尺长的有名的古画时,掮客就去告诉大画家。大画

大画家把奸计告诉了掮客。

家就用一张八尺长的旧纸来假造古画。造好了,叫掮客拿去。富翁请客时,大画家故意哈哈大笑,说是假的,劝他切不可买。次日富翁把画退回掮客,说大画家说是假画所以不要,掮客弄得莫名其妙。他想,"怎么你自己假造出来的画,对人老实说是假的?莫非自己不要生意?"后来去问大画家,大画家把奸计告诉他,叫他静静地等候,富翁再来叫他时,就说大画家买去了。如此,富翁一定确信这画是真笔,一定要买回去。那时就好敲他一倍的竹杠。结果,富人果然中了大画家的奸计,出八亿元买了一张假画。倘然当初出四亿买了,富翁疑心是假画,心中不高兴。如今出八亿元买了,富翁确信是真笔,心中很高兴了。

一九四八年

杭州写生

我的老家在离开杭州约一百里的地方,然而我少年时代就到杭州读书,中年时代又在杭州作"寓公",因此杭州可说是我的第二故乡。

我从青年时代起就爱画画,特别喜欢画人物,画的时候一定要写生,写生的大部分是杭州的人物。我常常带了速写簿到湖滨去坐茶馆,一定要坐在靠窗的栏杆边,这才可以看了马路上的人物而写生。湖山喜雨台最常去,因为楼低路广,望到马路上同平视差不多。西园少去,因为楼高路狭,望下来看见的有些鸟瞰形,不宜于写生。茶楼上写生的主要好处,就是被写的人不得知,因而姿态很自然,可以入画。马路上的人,谁仰起头来看我呢?

为什么喜欢在茶馆楼上画呢?因为在路上画有种种不便:第一,被画的人看见我画他,他就戒备,姿态就不自然。如果其人是开通的,他就整一下衣服,装一个姿势,好像坐在照相馆里的镜头面前一样。那时画出来就像一尊菩萨,不是我所需要的画材。画好之后他还要走过来看,看见寥寥数笔就表示不满,仿佛损害了他的体面。如果其人是不开通的,看见我画他,他简直表示反对,或竟逃脱。因为那时（四五十年前）有一种迷信，说拍照伤人元气，使人倒霉。写生与拍照相似，也是这些顽固而愚昧的人所嫌忌的。当时我有一个画友，到乡下去写生，据说曾经被夺去速写簿，并且赶出村子外，差一点没有被打。我没有碰到这种情况，然而类乎此况的常常碰到。有一次我看见一老妇和一少妇坐在湖滨，姿态甚好，立刻摸出速写簿来写生。岂知被老妇瞥见，她一把拉住少妇就跑，同时嘴里喃喃地骂。少妇临去向我白一眼，并且"呸"地吐一口唾沫，仿佛我"调戏"了她。诸如此类……

　　第二种不方便，是在地上写生时，往往有许多闲人围着我看画。起初一二个人，后来越聚越多，同看戏法一样。而这些人有时也竟把我当作变戏法：有的站在我面前，挡住视线；有的挤在我左右，碰我的手臂；有的评长说短，向我提意见；有的小孩子大叫"看画菩萨头！"① 这些时候我往往没有画完就走，因为被画的人，看见一堆人吵吵闹闹，他也跑过来看了！我走了，还有几个小孩子或闲人跟着我走，希望我再"表演"，简直同看戏法一样。

郊外小景

---

① 他们称画人物为画菩萨头。

为了有这种种不方便,所以我那时最喜欢在茶楼上写生。延龄大马路①上车水马龙,行人如织,都是很好的写生模特儿!——这是我青年时代的事。

最近,我很少写生。主要原因之一,是眼力差了,老花眼看近处必须戴眼镜,看远处必须除去眼镜。写生时必须远处看一眼,近处看一眼,这就使眼镜戴也不好,不戴也不好。有些老花眼镜是两用的,上面是平光,下面是老光。然而老光只有小小一部分,只能看一小块,不能看全面,而画画必须顾到纸张全面。这种眼镜只宜于写字,不宜于画画。因此,我老来很少写生了。一定要写,只有把眼镜搁在眼睛底下鼻孔上面,好像滑稽画中的老头子。但这很不舒服,并且要当心眼镜落地。

市街小景

---

① 延龄路,即今杭州延安路。

然而我最近到杭州游玩时，往往故态复萌，有时不免要摸出笔记簿子来画几笔。这一半是过去习惯所使然，好像一到杭州就"返老还童"了。

使我吃惊的，是解放后在人民的西湖上写生，和从前在旧西湖上写生的情形显然不同，上述的两种不方便大大地减少了。被画的人知道这是"写生"，不讨厌我，女人绝不吐唾沫。反之，他们有的肯迁就我，给我方便。有一次我坐在湖滨的石凳上，看见一个老舟子坐在船头上吸烟，姿态甚佳，我就对他写生。他衔着旱烟筒悠然地看山水，似乎没有发觉我在画他。忽然一个女小孩子跑来，大叫一声"爷爷！"那老舟子并不向她回顾，却哼喝她："不要叫我！他在画我！"原来他早已发觉我画他了。这固然是一个特殊的例子，然而一般地说，人都开通了。这在写生者是一大方便。

围着看的人当然也有，然而态度和从前不同了。大都知道这是"写生"，就不用看戏法的态度对待我了。大都肃静地站在我后面，低声地互相说话："壁报上用的。""上海去登报的。"① 有时几个青年还用"观摩"的态度看我作画，低声地说"内行"的话；倘有小孩子吵闹，他们代我阻止，给我方便。这些青年大概也会作画。现在作画的不一定是美术学校学生，一般机关团体里都有画家，壁报上和黑板报上不是常常有很好的画出现吗？

由此可知解放后人民知识都增加了，思想都进步了，态度都变好了。在"写生"这一件小事情中，也可以分明地看出。

一九五九年六月九日于上海记

---

① 他们从我同游的人身上看得出我们是上海来的。

眉[①]

少年时初学西洋画，读一册英文书 *Figure Drawing*（《人体画法》），看见其中说：成人的眼睛，都生在头的正中，但学者往往画得太高。因为他们以为眼睛下面有鼻有口能吃，能说，而眼睛上面只有眉毛，无有作用，所以把眼睛画得高些。这便画错了。

我看到"眉毛无有作用"这句话，想见中国人和西洋人对眉毛的看法大不相同。中国人重视眉毛，而西洋人则不甚注意。大约因为他们凹目凸鼻，眉毛很不显著；而中国人脸面平坦，眉清目秀故也。所以在西洋诗文中，极少谈到眉；而中国诗文中，眉是美妙的描写对象。不但诗文中，在口头语中，也常说到眉："眉来眼去""眉飞色舞""眉头一皱，计上心来"……

张敞画眉是关于眉的佳话。画眉有深有浅，故曰："妆罢低声问夫婿，画眉深浅入时无？"画眉又有各种形式，故曰"十样宫眉捧寿觞""淡扫蛾眉朝至尊"。眉以长为美，故曰："情高意真，眉长鬓青。""借问承恩者，双蛾几许长？"眉能传情，故曰

---

① 本篇原收入《缘缘堂随笔集》1983 年版。

"贪与萧郎眉语，不知舞错伊州。"诗人又把眉比作远山，故曰"水是眼波横，山是眉峰聚"。

可见画眉是女子妆扮时的一种重要工作。我小时曾看见有些女子，把原来的眉毛剃光，完全画出来。汉时童谣中说："城中好广眉，四方且半额。"可见画眉之道，由来久矣。鲁迅先生说："横眉冷对千夫指"，可知男子的眉也富有表情作用。

第三辑

物之有情

渐[①]

使人生圆滑进行的微妙的要素，莫如"渐"；造物主骗人的手段，也莫如"渐"。在不知不觉之中，天真烂漫的孩子"渐渐"变成野心勃勃的青年；慷慨豪侠的青年"渐渐"变成冷酷的成人；血气旺盛的成人"渐渐"变成顽固的老头子。因为其变更是渐进的，一年一年地、一月一月地、一日一日地、一时一时地、一分一分地、一秒一秒地渐进，犹如从斜度极缓的长远的山坡上走下来，使人不察其递降的痕迹，不见其各阶段的境界，而似乎觉得常在同样的地位，恒久不变，又无时不有生的意趣与价值，于是人生就被确实肯定，而圆滑进行了。假使人生的进行不像山坡而像风琴的键板，由 do 忽然移到 re，即如昨夜的孩子今朝忽然变成青年；或者像旋律的"接离进行"地由 do 忽然跳到 mi，即如朝为青年而夕暮忽成老人，人一定要惊讶、感慨、悲伤，或痛感人生的无常，而不乐为人了。故可知人生是由"渐"维持的。这在女人恐怕尤为必要：歌剧中，舞台上的如花的少女，就是将

[①] 本篇原载《一般》杂志 1928 年 6 月第 5 卷第 2 号。

来火炉旁边的老婆子。这句话,骤听使人不能相信,少女也不肯承认,实则现在的老婆子都是由如花的少女"渐渐"变成的。

人之能堪受境遇的变衰,也全靠这"渐"的助力。巨富的纨绔子弟因屡次破产而"渐渐"荡尽其家产,变为贫者;贫者只得做佣工,佣工往往变为奴隶,奴隶容易变为无赖,无赖与乞丐相去甚近,乞丐不妨做偷儿……这样的例,在小说中,在实际上,均多得很。因为其变衰是延长为十年二十年而一步一步地"渐渐"地达到的,在本人不感到什么强烈的刺激。故虽到了饥寒病苦刑笞交迫的地步,仍是熙熙然贪恋着目前的生的欢喜。假如一位千金之子忽然变了乞丐或偷儿,这人一定愤不欲生了。

这真是大自然的神秘的原则,造物主的微妙的工夫!阴阳潜移,春秋代序,以及物类的衰荣生杀,无不暗合于这法则。由萌芽的春"渐渐"变成绿阴的夏;由凋零的秋"渐渐"变成枯寂的冬。我们虽已经历数十寒暑,但在围炉拥衾的冬夜仍是难于想象饮冰挥扇的夏日的心情;反之亦然。然而由冬一天一天地、一时一时地、一分一分地、一秒一秒地移向夏,由夏一天一天地、一时一时地、一分一分地、一秒一秒地移向冬,其间实在没有显著的痕迹可寻。昼夜也是如此:傍晚坐在窗下看书,书页上"渐渐"地黑起来,倘不断地看下去(目力能因了光的渐弱而渐渐加强),几乎永远可以认识书页上的字迹,即不觉昼之已变为夜。黎明凭窗,不瞬目地注视东天,也不辨自夜向昼的推移的痕迹。儿女渐渐长大起来,在朝夕相见的父母全不觉得,难得见面的远亲就相见不相识了。往年除夕,我们曾在红蜡烛底下守候水仙花的开放,真是痴态!倘水仙花果真当面开放给我们看,便是大自然的原则的破坏,宇宙的根本的摇动,世界人类的末日临到了!

"渐"的作用,就是用每步相差极微极缓的方法来隐蔽时间的过去与事物的变迁的痕迹,使人误认其为恒久不变。这真是造物主骗人的一大诡计!这有一件比喻的故事:某农夫每天朝晨抱了犊而跳过一沟,到田里去工作;夕暮又抱了它跳过沟回家。每日如此,未尝间断。过了一年,犊已渐大、渐重,差不多变成大牛,但农夫全不觉得,仍是抱了它跳沟。有一天他因事停止工作,次日再就不能抱了这牛而跳沟了。造物的骗人,使人留连于其每日每时的生的欢喜而不觉其变迁与辛苦,就是用这个方法的。人们每日在抱了日重一日的牛而跳沟,不准停止。自己误以为是不变的,其实每日在增加其苦劳!

我觉得时辰钟是人生的最好的象征了。时辰钟的针,平常一看总觉得是"不动"的;其实人造物中最常动的无过于时辰钟的针了。日常生活中的人生也如此,刻刻觉得我是我,似乎这"我"永远不变,实则与时辰钟的针一样地无常!一息尚存,总觉得我仍是我,我没有变,还是留连着我的生,可怜受尽"渐"的欺骗!

"渐"的本质是"时间"。时间我觉得比空间更为不可思议,犹之时间艺术的音乐比空间艺术的绘画更为神秘。因为空间姑且不追究它如何广大或无限,我们总可以把握其一端,认定其一点。时间则全然无从把握,不可挽留,只有过去与未来在渺茫之中不绝地相追逐而已。性质上既已渺茫不可思议,分量上在人生也似乎太多。因为一般人对于时间的悟性,似乎只够支配搭船乘车的短时间;对于百年的长期间的寿命,他们不能胜任,往往迷于局部而不能顾及全体。试看乘火车的旅客中,常有明达的人,有的宁牺牲暂时的安乐而让其座位于老弱者,以求心的太平(或博暂时的美誉）；有的见众人争先下车，而退在后面，或高呼"勿要轧，总有得下去的！""大家都要下去的！"然而在乘"社会"或"世界"的大火车的"人生"的长期的旅客中，就少有这样的明达之人。所以我觉得百年的寿命，定得太长。像现在的世界上的人，倘定他们搭船乘车的期间的寿命，也许在人类社会上可减少许多凶险残惨的争斗，而与火车中一样地谦让、和平，也未可知。

然人类中也有几个能胜任百年的或千古的寿命的人。那是"大人格"，是"大人生"。他们能不为"渐"所迷，不为造物所欺，而收缩无限的时间并空间于方寸的心中。故佛家能纳须弥于芥子。中国古诗人（白居易）说："蜗牛角上争何事？石火光中寄此身。"英国诗人 Blake（布莱克）也说："一粒沙里见世界，一朵花里见天国；手掌里盛住无限，一刹那便是永劫。"

一九二八年芒种

大账簿[1]

我幼年时,有一次坐了船到乡间去扫墓。正靠在船窗口出神观看船脚边层出不穷的波浪的时候,手中拿着的不倒翁失足翻落河中。我眼看它跃入波浪中,向船尾方面滚腾而去,一刹那间形影俱杳,全部交付与不可知的渺茫的世界了。我看看自己的空手,又看看窗下的层出不穷的波浪——不倒翁失足的伤心地,再向船后面的茫茫白水怅望了一会儿,心中黯然地起了疑惑与悲哀。我疑惑不倒翁此去的下落与结果究竟如何,又悲哀这永远不可知的命运。它也许随了波浪流去,搁住在岸滩上,落入于某村童的手中;也许被渔网打去,从此做了渔船上的不倒翁;又或永远沉沦在幽暗的河底,岁久化为泥土,世间从此不再见这个不倒翁。我晓得这不倒翁现在一定有个下落,将来也一定有个结果,然而谁能去调查呢?谁能知道这不可知的命运呢?这种疑惑与悲哀隐约地在我心头推移。终于我想:父亲或者知道这究竟,能解除我这种疑惑与悲哀。不然,将来我年纪长大起来,总有一天能

---

[1] 本篇原载《小说月报》1929 年 5 月 10 日第 20 卷第 5 号。

知道这究竟，能解除这疑惑与悲哀。

后来我的年纪果然长大起来。然而这种疑惑与悲哀，非但依旧不能解除，反而随了年纪的长大而增多增深了。我偕了小学校里的同学赴郊外散步，偶然折取一根树枝，当手杖用了一会儿，后来抛弃在田间的时候，总要对它回顾好几次，心中自问自答："我不知几时得再见它？它此后的结果不知究竟如何？我永远不得再见它了！它的后事永远不可知了！"倘是独自散步，遇到这种事的时候我更要依依不舍地留连一会儿。有时已经走了几步，又回转身去，把所抛弃的东西重新拾起来，郑重地道个诀别，然后硬着头皮抛弃它，再向前走。过后我也曾自笑这痴态，而且明明晓得这些是人生中惜不胜惜的琐事；然而那种悲哀与疑惑确实地充塞在我的心头，使我不得不然！

在热闹的地方，忙碌的时候，我这种疑惑与悲哀也会被压抑在心的底层，而安然地支配取舍各种事物，不复作如前的痴态。间或在动作中偶然浮起一点疑惑与悲哀来；然而大众的感化与现实的压迫的力非常伟大，立刻把它压制下去，它只在我的心头一闪而已。一到静僻的地方，孤独的时候，最是夜间，它们又全部浮出在我的心头了。灯下，我推开算术演草簿，提起笔来在一张废纸上信手涂写日间所谙诵的诗句："春蚕到死丝方尽，蜡炬成灰……"没有写完，就拿向灯火上，烧着了纸的一角。我眼看见火势孜孜地蔓延过来，心中又忙着和个个字道别。完全变成了灰烬之后，我眼前忽然分明现出那张字纸的完全的原形；俯视地上的灰烬，又感到了暗淡的悲哀：假定现在我要再见一见一分钟以前分明存在的那张字纸，无论托绅董、县官、省长、大总统，仗世界一切皇帝的势力，或尧舜、孔子、苏格拉底、基督等一切古代圣哲复生,大家协力帮我设法,也是绝对不可能的事了!——但这种奢望我决计没有。我只是看看那堆灰烬,想在没有区别的微尘中认识各个字的死骸,找出哪一点是春字的灰,哪一点是蚕字的灰……又想象它明天朝晨被此地的仆人扫除出去,不知结果如何:倘然散入风中,不知它将分飞何处?春字的灰飞入谁家,蚕字的灰飞入谁家?……倘然混入泥土中,不知它将滋养哪几株植物?……都是渺茫不可知的千古的大疑问了。

吃饭的时候,一颗饭粒从碗中翻落在我的衣襟上。我顾视这颗饭粒,不想则已,一想又惹起一大篇的疑惑与悲哀来:不知哪一天哪一个农夫在哪一处田里种下一批稻,就中有一株稻穗上结着煮成这颗饭粒的谷。这粒谷又不知经过了谁的刈、谁的磨、谁的舂、谁的粜,而到了我们的家里,现在煮成饭粒,而落在我的衣襟上。这种疑问都可以有确实的答案;然而除了这颗饭粒自己晓得以外,世间没有一个人能调查,回答。

在袋里摸出来一把铜板,分明个个有复杂而悠长的历史。钞票与银洋经过人手,有时还被打一个印;但铜板的经历完全没有痕迹可寻。它们之中,有的曾为街头的乞丐的哀愿的目的物,有的曾为劳动者的血汗的代价。有的曾经换得一碗粥,救济一个饿夫的饥肠;有的曾经变成一粒糖,塞住一个小孩的啼哭。有的曾经参与在盗贼的赃物中,有的曾经安眠在富翁的大腹边,有的曾经安闲地隐居在茅厕的底里,有的曾经忙碌地兼备上述的一切的经历。且就中又有的恐怕不是初次到我的袋中,也未可知。这些铜板倘会说话,我一定要尊它们为上客,恭听它们历述其漫游的故事。倘然它们会记录,一定每个铜板可著一册比《鲁滨逊飘流记》更奇离的奇书。但它们都像死也不肯招供的犯人,其心中分明秘藏着案件的是非曲直的实情，然而死也不肯泄漏它们的秘密。

现在我已行年三十，做了半世的人，那种疑惑与悲哀在我胸中，分量日渐增多；但刺激日渐淡薄，远不及少年时代以前的新鲜而浓烈了。这是我用功的结果。因为我参考大众的态度，看他们似乎全然不想起这类的事，饭吃在肚里，钱进入袋里，就天下太平，梦也不做一个。这在生活上的确大有实益，我就拼命以大众为师，学习他们的幸福。学到现在三十岁，还没有毕业。所学得的，只是那种疑惑与悲哀的刺激淡薄了一点，然其分量仍是跟了我的经历而日渐增多。我每逢辞去一个旅馆，无论其房间何等坏，臭虫何等多，临去的时候总要低徊（回）一下子，想起"我有否再住这房间的一日？"又慨叹"这是永远的诀别了！"每逢下火车，无论这旅行何等劳苦，邻座的人何等可厌，临走的时候总要发生一种特殊的感想："我有否再和这人同座的一日？恐怕是对他永诀了！"但这等感想的出现非常短促而又模糊，像飞鸟的黑影在池上掠过一般，真不过数秒间在我心头一闪，过后就全无其事。我究竟已有了学习的功夫了。然而这也全靠在老师——大众——面前，方始可能。一旦不见了老师，而离群索居的时候，我的故态依然复萌。现在正是其时：春风从窗中送进一片白桃花的花瓣来，落在我的原稿纸上。这分明是从我家的院子里的白桃花树上吹下来的，然而有谁知道它本来生在哪一枝头的哪一朵花上呢？窗前地上白雪一般的无数的花瓣，分明各有其故枝与故萼，谁能一一调查其出处，使它们重归其故萼呢？疑惑与悲哀又来袭击我的心了。

总之，我从幼时直到现在，那种疑惑与悲哀不绝地袭击我的心，始终不能解除。我的年纪越大，知识越富，它的袭击的力也越大。大众的榜样的压迫越严,它的反动也越强。倘记述我三十年来所经验的此种疑惑与悲哀的事例,其卷帙一定可同《四库全书》《大藏经》争多。然而也只限于我一个人在三十年的短时间中的经验;较之宇宙之大,世界之广,物类之繁,事变之多,我所经验的真不啻恒河中的一粒细沙。

我仿佛看见一册极大的大账簿,簿中详细记载着宇宙间世界上一切物类事变的过去、现在、未来三世的因因果果。自原子之细以至天体之巨,自微生虫的行动以至混沌的大劫,无不详细记载其来由、经过与结果,没有万一的遗漏。于是我从来的疑惑与悲哀,都可解除了。不倒翁的下落、手杖的结果、灰烬的去处,一一都有记录;饭粒与铜板的来历,一一都可查究;旅馆与火车对我的因缘,早已注定在项下;片片白桃花瓣的故萼,都确凿可考。连我所屡次叹为永不可知的、院子里的沙堆的沙粒的数目,也确实地记载着,下面又注明哪几粒沙是我昨天曾经用手掬起来看过的。倘要从沙堆中选出我昨天曾掬起来看过的沙,也不难按这账簿而探索。——凡我在三十年中所见、所闻、所为的一切事物,都有极详细的记载与考证;其所占的地位只有书页的一角,全书的无穷大分之一。

我确信宇宙间一定有这册大账簿。于是我的疑惑与悲哀全部解除了。

一九二九年清明过了写于石湾①

---

① 本文篇末原未署日期。这里所署的日期是发表在《小说月报》时篇末所署。后来作者自编的《缘缘堂随笔》(人民文学出版社1957年11月初版)中,篇末误署为1927年作。

梦耶真耶[1]

我小时候对于梦的看法,和中年后对于梦的看法大不相同,甚至相反。

很小的时候,大约五六岁以前,好像是不做梦的,或者是做了就忘记的。那时候还不知人事,完全任天而动。饥则啼,饱则喜,乐则笑,倦则睡。白天没有什么妄想,夜里也不做什么梦;就是做梦,也同饥饱啼笑一样地过后即忘。七八岁以后,我初入私塾读书,方才明白知道人生有做梦的一件事体。但常把真和梦混在一起,辨不清楚。有时做梦先生放假,醒来的时候便觉欢喜。有时做梦跟邻家的小朋友去捉蟋蟀,次日就去问他讨蟋蟀来看。这大概是因为儿时对于自己的生活全然没有主张或计划,跟了时地的变化和大人的指使而随波逐流地过去,与做梦没有什么分别的缘故。

入了少年时代,我便知道梦是假的,与真的生活判然不同。但对于做梦这一件事,常常觉得奇怪而神秘。怎么独自睡在床里

---

[1] 本篇原载《东方杂志》1933年1月1日第30卷第1号。

会同隔离的朋友见面、说话、游戏，又跑到很远的地方去呢？虽然事实已证明其为假，但我心中还想不通这个道理。做了青年，学了科学，我才知道这是心理现象的一种，是完全不足凭的假象。我听见有人骂一个乞丐说："你想发财，做梦！"又听见母亲念的《心经》中有一句叫作"远离颠倒梦想"，更知世人对于梦的看法：做梦是假的，荒唐而不合情理的。所以乞丐想做官发财类于做梦。所以修行的人要远离颠倒梦想。真的事实和梦正反对，是真的，切实而合乎情理的。

我在三十岁以前，对于"真"和"梦"两境一直做这样的看法。过了三十岁，到了三十五岁的今日——《东方杂志》向我征稿的今日——我在心中拿起真和梦两件事来仔细辨认一下，发见其与从前的看法大不相同，几成正反对。从前我同世人一样地确信"真"为真的，"梦"为假的，真伪的界限判然。现在这界限模糊起来，使我不辨两境孰真孰假，亦不知此生梦耶真耶。从前我确信"真"为如实而合乎情理，"梦"为荒唐而不合情理。现在适得其反：我觉得梦中常有切实而合乎情理的现象。而现世家庭、社会、国家、国际的事，大都荒唐而不合理。我深感做人不及做梦的快适。从前我读到陆放翁的诗：

　　苦爱幽窗午梦长，
　　此中与世暂相忘。
　　华山处士如容见，
　　不觅仙方觅睡方。

曾经笑他与世"暂"相忘，何足"苦爱"？但现在我苦爱他这首诗，觉得午梦不够，要做长夜之梦才好。假如觅得到睡方，我极愿重量地吞服一剂，从此优游于梦境中，永远不到真的世间来了。

怎见得两境真假的界限模糊呢？我以为"真"的真与"梦"的假，都不是绝对的，都是互相比较而说的。一则"梦"的历时比"真"的历时短些，人们就指"梦"为假。二则"真"的幻灭（就是死）比"梦"的幻灭（就是醒）不易看见，人们就视"真"为真。三则梦中的状况比他世的状况变幻不测些，人们就说做梦是假的。四则世间的事过后都可拿出实物来作凭据，梦中的事过后成空，拿不出确实的凭据来，人们就认世间为真的。其实，这所谓真假全不是绝对的性质，皆由比较而来；其理由如下：（一）梦与真的历时长短，拿音乐来比方，不过像三十二分音符对全音符，久暂虽异，但同在"时间"的旋律中消失过去，岂有永远不休止的音符？（二）每天朝晨醒觉时看见"梦"的幻灭，但每人临终时也要看见"真"的幻灭，不过前者经验的次数多些，后者每人只经验一次罢了。（三）讲到状况的变幻不测，人世的运命岂有常态可测？语云："今日不知明日事，上床忽别下床鞋。"人世的变幻不测与梦境有何两样？就最近的时事看：内乱的起伏，党派的纠纷，都非我民意料所及；"一二八"淞沪战事的突发，上海的灾民谁也说是"梦想不到的"。我战后来到上海，有好几次看见了闸北的一大片焦土而认真地疑心自己是在做梦呢。（四）"世间的事过后都可拿出实物来做凭据，梦中的事过后成空，拿不出确实的证据来。"这话只能在世间说，你的百年大梦醒觉以后，再向哪里去拿实物来证明世间的事的真实呢？到了大梦一觉的时候，恐怕你要说"世间的事过后成空，拿不出确实的证据来"了。反之，若在梦中说话，也可以说"梦中的事过后都可拿出（梦中的）实物来做凭据"的。我们在世间认真地做人,在梦中也认真做梦。做了拾钞票的梦会笑醒来,做了遇绑匪的梦会吓出一身大汗。我曾做过写原稿的梦,觉得在梦中为梦中的读者写稿同在现世为《东方杂志》的读者写稿一样地辛苦,醒后感到头痛。当时想想真是何苦!早知是假,悔不草率了事。但我现在并不懊悔,因为我确信梦中也有梦中的"世间法",应该和在现世一样地恪守。不然,我在梦中就要梦魂不安。可知人在梦中都是把梦当作现世一样看待的。反过来也说得通:人在现世常把现世当做梦一样看待,所以有"浮生若梦"的老话。读到"六朝如梦鸟空啼""十年一觉扬州梦"等句,回想自己所遭逢的衰荣兴废,离合悲欢,真觉得同做梦一样!凡人的"生涯原是梦",岂独"神女"而已哉。

  这样说来,梦和真两境,可说都是真的,也可说都是假的,没有绝对真假的区别。所以我不辨两者孰真孰假,亦不知此生梦耶真耶。

  怎见得梦中常有切实而合乎情理的现象,而现世的事反多荒唐不合情理呢?这道理是显明的。古人云:"昼有所思,夜梦其事。"昼之所思,是我的希望,我的理想,故夜梦大都是与我的生活切实相关而合乎情理的。现世的事便不然,自家庭,社会,以至国家,满目是荒唐而不合情理的现象。人的希望与理想往往在现世一时不能做到,而先在梦中实行。"(黄帝)昼寝而梦游于华胥氏之国。""后二十有八年,天下大治,几若华胥氏之国"。孔子在乱臣贼子的春秋时代"梦见周公"。自来去国怀乡,以及男女相恋的人,都在梦中圆满其欲望而实行其合理的生活。"梦里不知身是客,一晌贪欢。""故园此去十余里,春梦犹能夜夜归。""重门不锁相思梦,随意绕天涯。"这种梦何等痛快!"打起黄莺儿,莫教枝头啼;啼时惊妾梦,不得到辽西。"这思妇分明是有意耽乐于梦的生活,而在那里"寻梦"了。

同是虚幻,何必细论其切实与荒唐,合情理与不合情理,快适与不快适?总之,我中年以来对于真和梦,不辨孰真孰假,因而不知我生梦耶真耶。我不能忘记《齐物论》中的话:"不知周之梦为蝴蝶与?蝴蝶之梦为周与?"又常常想起晏几道的词:

"从别后,忆相逢,几回魂梦与君同。今宵剩把银釭照,犹恐相逢是梦中。"

可惜这银釭有些靠不住,怎知他不是梦中的银釭呢?安得宇宙间有个标准的银釭,让我照一照人生的真相看?

廿一年(1932年)十二月五日

蝌 蚪[①]

一

每度放笔,凭在楼窗上小憩的时候,望下去看见庭中的花台的边上,许多花盆的旁边,并放着一只印着蓝色图案模样的洋瓷[②]面盆。我起初看见的时候,以为是洗衣物的人偶然寄存着的。在灰色而简素的花台的边上,许多形式朴陋的瓦质的花盆的旁边,配置一个机械制造而施着近代风图案的精巧的洋瓷面盆,绘画地看来[③],很不调和。假如眼底展开着的是一张画纸,我颇想找块橡皮来揩去它。

一天,二天,三天,洋瓷面盆尽管放在花台的边上。这表示它不是偶然寄存,而负着一种使命。近晚凭窗闲眺的时候,看见放学出来的孩子们聚在墙下拍皮球。我欲知道洋瓷面盆的意义,

---

① 本篇原载《人间世》1934 年 5 月 20 日第 4 期。
② 洋瓷,即搪瓷。
③ 以绘画者的眼光看来。

便提出来问他们，才知道这面盆里养着蝌蚪，是春假中他们向田里捉来的。我久不来庭中细看，全然没有知道我家新近养着这些小动物；又因面盆中那些蓝色的图案，细碎而繁多，蝌蚪混迹于其间，我从楼窗上望下去，全然看不出来。蝌蚪是我儿时爱玩的东西，又是学童时代教科书里最感兴味的东西，说起来可以牵惹种种的回想，我便专诚下楼来看它们。

洋瓷面盆里盛着大半盆清水，瓜子大小的蝌蚪十数个。抖着尾巴，急急忙忙地游来游去，好像在找寻什么东西。孩子们看见我来欣赏他们的作品，大家围集拢来，得意地把关于这作品的种种话告诉我：

"这是从大井头的田里捉来的。"

"是清明那一天捉来的。"

"我们用手捧了来的。"

"我们天天换清水的呀。"

"这好像黑色的金鱼。"

"这比金鱼更可爱！"

"它们为什么不绝地游来游去？"

"它们为什么还不变青蛙？"

他们的疑问把我提醒，我看见眼前这盆玲珑活泼的小动物，忽然变成了一种苦闷的象征。

我见这洋瓷面盆仿佛是蝌蚪的沙漠。它们不绝地游来游去，是为了找寻食物。它们的久不变成青蛙，是为了不得其生活之所。这几天晚上，附近田里蛙鼓的合奏之声，早已传达到我的床里了。这些蝌蚪倘有耳，一定也会听见它们的同类的歌声。听到了一定悲伤，每晚在这洋瓷面盆里哭泣，亦未可知！它们身上有着泥土水草一般的保护色,它们只合在有滋润的泥土,丰肥的青苔的水田里生活滋长。在那里有它们的营养物,有它们的安息所,有它们的游乐处,还有它们的大群的伴侣。现在被这些孩子们捉了来,关在这洋瓷面盆里,四周围着坚硬的洋铁,全身浸着淡薄的白水,所接触的不是同运命的受难者,便是冷酷的珐琅质。任凭它们整日急急忙忙地游来游去,终于找不到一种保护它们,慰安它们,生息它们的东西。这在它们是一片渡不尽的大沙漠。它们将以幼虫之身,默默地夭死在这洋瓷面盆里,没有成长变化,而在青草池塘中唱歌跳舞的欢乐的希望了。

这是苦闷的象征,这象征着某种生活之下的人的灵魂!

二

我劝告孩子们:"你们只管把蝌蚪养在洋瓷面盆中的清水里,它们不得充分的养料和成长的地方,永远不能变成青蛙,将来统统饿死在这洋瓷面盆里!你们不要当它们金鱼看待!金鱼原是鱼类,可以一辈子长在水里,蝌蚪是两栖类动物的幼虫,它们盼望长大,长大了要上陆,不能长居水里。你看它们急急忙忙地游来游去,找寻食物和泥土,无论如何也找不到,样子多么可怜!"

孩子们被我这话感动了,颦蹙地向洋瓷面盆里看。有几人便问我:"那么,怎么好呢?"

我说:"最好是送它们回家——拿去倒在田里。过几天你们去探访,它们都已变成青蛙,'哥哥,哥哥'地叫你们了。"

孩子们都欢喜赞成,就有两人抬着洋瓷面盆,立刻要送它们回家。

我说:"天将晚了,我们再留它们一夜,明天送回去吧。现在走到花台里拿些它们所欢喜的泥来,放在面盆里,可以让它们吃吃,玩玩。也可以让它们知道,我们不再虐待它们,我们先当作客人款待它们一下,明天就护送它们回家。"

孩子们立刻去捧泥,纷纷地把泥投进面盆里去。有的人叫着:"轻轻地,轻轻地!看压伤了它们!"

不久,洋瓷面盆底里的蓝色的图案都被泥土遮掩。那些蝌蚪统统钻进泥里,一只也看不见了。一个孩子寻了好久,锁着眉头说:"不要都压死了?"便伸手到水里拿开一块泥来看。但见四个蝌蚪密集在面盆底上的泥的凹洞里,四个头凑在一点,尾巴向外放射,好像在那里共食什么东西,或者共谈什么话。忽然一个蝌蚪摇动尾巴,急急忙忙地游了开去。游到别的一个泥洞里去一转,带了别的一个蝌蚪出来,回到原处。五个人聚在一起,五根尾巴一齐抖动起来,成为五条放射形的曲线,样子非常美丽。孩子们呀呀地叫将起来。我也暂时忘记了自己的年龄,附和着他们的声音呀呀地叫了几声。

随后就有几人异口同声地要求:"我们不要送它们回家,我们要养在这里!"我在当时的感情上也有这样的要求,但觉左右为难,一时没有话回答他们,踌躇地微笑着。一个孩子恍然大悟地叫道:"好!我们在墙角里掘一个小池塘,倒满了水,同田里一样。就把它们养在那里。它们大起来变成青蛙,就在墙角里的地上跳来跳去。"大家拍手说"好!"我也附和着说"好!"大的孩子立刻找到种花用的小锄头,向墙角的泥地上去垦。不久,垦成了面盆大的一个池塘。大家说"够大了,够大了!""拿水来,拿水来！"就有两个孩子扛开水缸的盖，用浇花壶提了一壶水来，倾在新开的小池塘里。起初水满满的，后来被泥土吸收，渐渐地浅起来。大家说"水不够，水不够。"小的孩子要再去提水，大的孩子说"不必了，不必了，我们只要把洋瓷面盆里的水连泥和蝌蚪倒进塘里，就正好了。"大家赞成。蝌蚪的迁居就这样地完成了。

夜色朦胧，屋内已经上灯。许多孩子每人带了一双泥手，欢喜地回进屋里去，回头叫着："蝌蚪，再会！""蝌蚪，再会！""明天再来看你们！""明天再来看你们！"一个小的孩子接着说："明天它们也许变成青蛙了。"

三

洋瓷面盆里的蝌蚪，由孩子们给迁居在墙角里新开的池塘里了。孩子们满怀的希望，等候着它们变成青蛙。我便怅然地想起了前几天遗弃在上海的旅馆里的四只小蝌蚪。

今年的清明节，我在旅中度送。乡居太久了有些厌倦，想调节一下。就在这清明的时节，做了路上的行人。时值春假，一孩子便跟了我走。清明的次日，我们来到上海。十里洋场，我一看就生厌，还是到城隍庙里去坐坐茶店，买买零星玩意儿，倒有趣味。孩子在市场的一角看中了养在玻璃瓶里的蝌蚪，指着了要买。我出十个铜板买了。后来我用拇指按住了瓶上的小孔，坐在黄包车里带它回旅馆去。

回到旅馆，放在电灯底下的桌子上观赏这瓶蝌蚪，觉得很是别致：这真像一瓶金鱼，共有四只。颜色虽不及金鱼的漂亮，但是游泳的姿势比金鱼更为活泼可爱。当它们游在瓶边上时，我们可以察知它们的实际的大小只及半粒瓜子。但当它们游到瓶中央时,玻璃瓶与水的凸镜的作用把它们的形体放大,变化参差地映入我们的眼中,样子很是好看。而在这都会的旅馆的楼上的五十支光电灯底下看这东西,愈加觉得稀奇。这是春日田中很多的东西,要是在乡间,随你要多少,不妨用斗来量。但在这不见自然面影的都会里,不及半粒瓜子大的四只,便已可贵,要装在玻璃瓶内当作金鱼欣赏了,真有些儿可怜。而我们,原是常住在乡间田畔的人,在这清明节离去了乡间而到红尘万丈的中心的洋楼上来鉴赏玻璃瓶里的四只小蝌蚪,自己觉得好笑。这好比富翁舍弃了家里的酒池肉林而加入贫民队里来吃大饼油条;又好比帝王舍弃了上苑三千而到民间来钻穴窥墙。

一天晚上,我正在床上休息的时候,孩子在桌上玩弄这玻璃瓶,一个失手,把它打破了。水泛滥在桌子上,里面带着大大小小的玻璃碎片,蝌蚪躺在桌上的水痕中蠕动,好似涸辙之鱼,演成不可收拾的光景,归我来办善后。善后之法,第一要救命。我先拿一只茶杯,去茶房那里要些冷水来,把桌上的四个蝌蚪轻轻地掇进茶杯中,供在镜台上了。然后一一拾去玻璃的碎片,揩干桌子。约费了半小时的扰攘,好容易把善后办完了。去镜台上看看茶杯里的四只蝌蚪,身体都无恙,依然是不绝地游来游去,但形体好像小了些,似乎不是原来的蝌蚪了。以前养在玻璃瓶中的时候,因有凸镜的作用,其形状忽大忽小,变化百出,好看得多。现在倒在茶杯里一看,觉得就只是寻常乡间田里的四只蝌蚪,全不足观。都会真是枪花①繁多的地方,寻常之物,一到都

---

① 枪花,江南一带方言,意即欺人之计。

会里就了不起。这十里洋场的繁华世界,恐怕也全靠着玻璃瓶的凸镜的作用映成如此光怪陆离。一旦失手把玻璃瓶打破了,恐怕也只是寻常乡间田里的四只蝌蚪罢了。

过了几天,家里又有人来玩上海。我们的房间嫌小了,就改赁大房间。大人,孩子,加以茶房,七手八脚地把衣物搬迁。搬迁之后立刻出去看上海。为经济时间计,一天到晚跑在外面,乘车、买物、访友、游玩,少有在旅馆里坐的时候,竟把小房间里镜台上的茶杯里的四只小蝌蚪完全忘却了;直到回家后数天,看到花台边上洋瓷面盆里的蝌蚪的时候,方然忆及。现在孩子们给洋瓷面盆里的蝌蚪迁居在墙角里新开的小池塘里,满怀的希望,等候着它们的变成青蛙。我更怅然地想起了遗弃在上海的旅馆里的四只蝌蚪。不知它们的结果如何?

大约它们已被茶房妙生倒在痰盂里,枯死在垃圾桶里了?妙生欢喜金铃子,去年曾经想把两对金铃子养过冬。我每次到这旅馆时,他总拿出他的牛筋盒子来给我看,为我谈种种关于金铃子的话。也许他能把对金铃子的爱推移到这四只蝌蚪身上,代我们养着,现在世间是否还有这四只蝌蚪的小性命的存在,亦未可知。

然而我希望它们不存在。倘还存在,想起了越是可哀!它们不是金鱼,不愿住在玻璃瓶里供人观赏。它们指望着生长,发展,变成了青蛙而在大自然的怀中唱歌跳舞。它们所憧憬的故乡是水草丰足、春泥粘润的田畴间,是映着天光云影的青草池塘。如今把它们关在这商业大都市的中央,石路的旁边,铁筋建筑的楼上,水门汀砌的房笼内,瓷制的小茶杯里,除了从自来水龙头上放出来的一勺之水以外,周围都是瓷、砖、石、铁、钢、玻璃、电线和煤烟,都是不适于它们的生活而足以致它们死命的东西。世间的凄凉、残酷和悲惨,无过于此。这是苦闷的象征,这象征着某种生活之下的人的灵魂。

假如有谁来报告我这四只蝌蚪的确还存在于那旅馆中,为了象征的意义,我准拟立刻动身,专赴那旅馆中去救它们出来,放乎青草池塘之中。

一九三四年四月廿二日

小钞票历险记[①]

欢喜旅行的小朋友,也许会羡慕我们足迹遍天下,而怪我们绝不肯把旅行的经历讲给听听。其实我们并非不肯,只因经历太多,讲不胜讲,所以大家索性不讲了。

现在我们的家族中突遭重大的变故,我的诸姑姊妹全都到国库里去作长期的休息了。只有我们男人还留落在外边,过着流浪的生活。在这可纪念的时候,我准定把我自身的遭遇,在这里和诸位少年们谈谈。

我一出世,就穿了一件崭新的花标布长衫,伴着许多弟兄,裹着报纸,连日睡在会计室里的铁洋箱中。这好比"衣锦夜行",好不闷人!有一天,铁门开了。会计先生请我们出来,郑重地打开报纸,把我取出。我以为可以看看世景,出出风头了。谁知他说了一声"张先生还有一角找头呢!"就把我交给一个穿洋装的人。我才略略一见会计室的天花板和窗外的天空,就被那张先生塞进洋装袋里。这里先有两个圆圆的小白脸的姊妹住着。各人脸

[①] 原连载于《新少年》1936年第1卷,第1至3期。

上打着一个黑而大的圆印,一个"昌"字,一个"兴"字。我忍不住哈哈大笑。她们都动怒,骂起我来:"你自己穿着新衣,就看人不起!我们没有洗脸的缘故!看你这件新衣裳会不会永远不旧不破!"我自知不合笑她们,也不回话了。

过了一会儿,我从袋中被张先生取出。他用两手把我提高,像看信一般念道:"一张新钞票!中国农民银行的!恐怕还是第一次出门呢。"他的女儿慧贞跑来,仰起了头看我的背部,说道:"美丽啊!像爸爸的图案画原稿!爸爸,给了我!"恰好他的儿子文彬放学回家,听见了姊姊的话,就背了书包赶过来,不问事由,嚷着"给了我!我要的!"便去拉下他父亲的手,把我夺去。慧贞噘着嘴说道:"这是钞票!你要它做什么?你想积起来,讨个老婆吗?"文彬两手捧着我向房间里跑,一面回头对他姊姊说:"我想积起来买飞机!航空救国!"

张先生跟进房间来,笑着摸文彬的头,说道:"阿彬!你要航空救国吗?"阿彬却用手指着了我的额上念道:"中、国、农、民、银、行。"又注视我的长衫,念道:"积、成、拾、角、兄、付、国……爸爸,这是什么字?"张先生笑道:"不是'兄',是'兑'。"就把我身上的字一个个教给他。又取出显微镜来,把我衣裳底子里的许多细字"壹角"指给阿彬看。慧贞从室外跑来看。她的妈妈拿了针线走来看。大家称赞:"细来!清爽来!多来!"这时候我真快乐!我觉得做钞票比做人光荣!张先生对阿彬说:"藏得好,不可失去。"阿彬把我夹在一册画帖里。我的前面画着一架飞机,后面画着一只轮船。起初我独自看看飞机、轮船,不觉寂寞。但地方太暗、太窄,使人气闷,不久我睡着了。

明天,阿彬翻开画帖来看我。我看见身在一个教室中,有许多孩子正在读书,一个女先生站在台上教他们。忽然女先生对着我骂起来:"张文彬为啥勿读?你在看什么?"文彬慌忙把画帖塞进桌板底下,跟着大家读书了。我却从画帖中跌出,落到地上。我拼命地喊:"我跌出了!快救我!"但文彬没有听见。忽然一阵风来,把我吹到后面一个穿柳条布裤子的孩子的右脚边。这孩子从上面望见了我,立刻用右脚踏在我身上。我被他踏得透气不转。他的鞋子底上有着鸡粪,臭气难闻。我拼命地喊:"踏死我了!臭死我了!救命!救命!"但是孩子的脚越是踏得紧些。过了好久,他的脚突然移开,他的手急忙伸下来把我拾起。一到亮处,我看见自己的新长衫的裾上,染着了一大块青黑色的鸡粪的迹!

我正想吸些新鲜空气,不料才透一口气,这孩子就把我塞进他的鞋子里去。这时候女先生又对我骂起来:"朱荣生的手在下面弄什么?坐好来!"我拼命地喊:"先生!救救小钞票!他要把我塞进鞋子里!"没有喊完,他已胡乱地把我塞进鞋口,我的身体被折成三段,践踏在他的脚板底下,这里的环境,比以前稍柔软些。然而一股脚臭,加了一股潮气,令人难受。我屈身在这里面,仰头看见他的脚底,奇怪起来:我记得刚才明明看见他是穿蓝袜的,怎么忽然赤足了?仔细研究,原来他的袜底差不多已经完全落脱;只有中部还有一处联络,然而狭得很,好像地图上的中亚美利加。倘然有人在这里开一条巴拿马运河,他的袜就要完全无底了。

忽然,脚底和鞋底鼓动起来。一宽一紧,不绝地把我压榨。我料想这朱荣生在走路了。但不知他带我到什么地方去?我被榨了好几百次,方才静止。一会儿脚底板脱出了鞋子,我被朱荣生取出。他见我身体弯成三段，外加折了一臂，连忙为我抚摩。但一时我也伸不直来。我忘记了痛苦，忙着观察我的新环境。这里同文彬家里大不相同。屋很低小，墙上只有一个窗洞，也没有窗帘。窗洞旁边挂着旧帽子和破书包。书包下面就是一只床，也没有床架和蚊帐，只是两只板凳和三块松板。板上铺着草席，放着油腻的枕头和破旧而薄的被。朱荣生坐在这床上把我抚摩了一会儿，就把我藏在枕头底下。我觉得有几只小动物爬到我身上来。一看，焦黄色的，好像小乌龟。它们都来舔食我身上的鸡粪。

过了一会儿，枕头被拿开了，朱荣生又来把我取出，递给一个中年妇人，说道："妈妈，这是我今天在学校里拾得的，就去买了夜饭米罢。"我知道要被送出了，很高兴。因为枕头底下的小动物有一股别致的臭气，比脚臭、鸡粪臭更加难闻，我实在不愿在这里过夜。那中年妇人蓬头垢面，蹙着眉头，穿着破旧的衣服，伸手来接了我，看着我说道："阿荣，这一定是你的同学们失落的。你应该交给先生，归还失主。我们怎么可以用呢？"阿荣说："妈妈，不要紧的。等爸爸寄了钱来，我去还给先生，叫先生招领，并向先生说明迟还的理由。好吗？"他的母亲点点头，取了竹箩，把我放在衣袋里，出去买米了。

我从朱荣生的妈妈的手里，走进了米店的账桌抽斗里。这里先有我的许多伯叔、姑母和兄弟、姊妹们住着，我们相见甚欢。账桌的中央有一个狭长的洞，透进光线来，好像一个天窗。我借了这天窗的光，看看自己，浑身是泥迹、汗迹，外加鸡粪和伤痕，不禁叹息。一位伯伯冷笑着对我说："你叹什么？我们身上有着更多的龌龊和伤痕呢！到这世间来，谁能避免龌龊和伤痕？"我看看他们，悲观起来，正要再同伯伯谈心，忽然抽斗开了，管账先生的手带了我们的五公公进来,又把我和四位伯伯带出去,并列在柜台上,对一个农妇说道:"贵林嫂,找头来了。收你五块钞票一张,除去一斗米大洋九角,找还你大洋四元(指四位伯伯),一角(指我)。"贵林嫂在我们身上包了两层纸,一层布。在米店的门槛上朝里坐了,解开衣襟,把我们藏在她肚兜袋里。然后背了米走路。

我想继续同伯伯谈心,但住在贵林嫂的胸前,跟了她的两只大乳房,一抛一抛地抛个不止,一句话也不好谈。后来不抛了。她取我们出来,对我们一个一个地细看。我看见她坐在一个灶门口。这里的环境虽然也很萧条,但比朱荣生家清爽。灶门口的木栅窗外,统是青青的竹。竹叶在风中摇曳,把绿影送进灶间里来,很是清幽。贵林嫂伸手到里面的灶肚里,从灰中取出一个美丽牌香烟罐头来。开盖,把我们五人放进罐内,盖好。但觉罐头摇动,罐外沙沙地响,料想她又把我们埋在灶肚里的灰中了。我喊将起来:"喂!贵林嫂!你怎么活葬了我们?"忽然听见罐头底下有女人们的声音:"阿官,不要着急,我们做伴罢。我们已被活葬了两个多月了!"原来先有两位姑母住在罐头底里。

我见了姑母,如同见了母亲一般,连忙俯身注视着她们的圆圆的大白脸,把近来被污及受伤的苦痛告诉她们。一位姑母笑着说:"你不知道我们的苦痛咧。我们每次经过人手,必被在地上用力掼几下,或者拿我们的头互相敲击,敲出响亮的声音来。甚至用一个铁印,在我们脸上凿几下,痛不可当,伤痕永远不退!"另一位姑母说:"我脸上这种伤痕最多,可惜这里没有灯,不能教你看见。"于是伯伯的话又来了:"谁能避免龌龊和伤痕呢?在这世间,无论男女都苦……"忽然听见外面有男子的怒骂声:

"老太婆哪里去了？渴得要死，茶一滴也没有！"停了，一会儿又说："你倒弄了米来烧饭吃？让我用里面的锅子烧茶喝罢！"屑屑索索地响了一会儿，我们的罐头渐渐发热起来。伯伯们吃惊道："不好了，我们要受炮烙了！"姑母们也慌张地说："咦，我们住了两个多月了，这灶从来不曾烧过，怎么今天烧起来了？啊哟，我们最怕烫呢！"伯伯们说："还是你们，不过烫痛了。我们要被烧焦的。"

　　火气渐渐攻我的心。我挣扎叫喊，终于发晕。等到醒来时，只见香烟罐头和盖分作两处，躺在地上，正在冒烟。伯伯们焦头烂额地躺在香烟罐口的地上，四人滚作一堆，二位姑母躺在罐外的地上，浑身冒出烟气来。我自己就躺在姑母们身旁，觉得周身发热，皮焦骨裂似的。我向上面望，看见贵林嫂右手拿着火钳，哭丧着脸立在灶间门口，嘴里说着："啊哟，总共只有卖菜来的两块钱，和卖丝来四元一角，被你当作纸锭烧掉了！你这醉鬼！哪里去灌饱了黄汤？"又骂她自己："我这死尸，原要死快了！迟不去，早不去，偏偏在这时光去洗衣。我在这里，不会被这醉鬼烧掉。"又骂贵林："你千年没得喝茶的？"贵林一跌一撞地从灶间里出来，看见我们躺在地上，笑嘻嘻地来拾，贵林嫂拦阻不及，被他夺了我和两姑母，逃出门去。

　　我和两姑母伏在贵林的胸前的背心里，身体渐渐凉些，大家互相慰问。但是姑母们挂念着四位伯伯，流下泪来。我说："这回的灾难，他们原是无意的。贵林嫂一定会给伯伯们调养，而且以后绝不会再叫他们住在那危险的地方。"姑母们叹口气说："真如你伯伯所说，在这世间，受污和受伤是谁也不能避免的！"忽然贵林的手伸进背心来，把我摸出，砰的一声，把我按在一张板桌上，吓得我旁边的姊妹们直跳起来。同时他口中大叫一声"天门！"我身上颇有些痛，但这新环境立刻使我忘记了痛。这里没有遮盖，是在光天化日之下。我们的许多伯叔，姑母，兄弟，及子侄们分作数群，布置在板桌上，好不热闹！许多人张大着眼睛和嘴巴，围着板桌注视我们，好不光荣！可惜我的新衣又污，又皱，又焦，没有风头可出！忽然一个额上盖一块糙纸的糙胡子，伸手把我移到他身边，叠在七八个姊姊的身底下。不久，刚才同遭炮烙之灾的一位姑母也来了，坐在我的旁边。她说："这里好爽气！"又对姊姊们说："你们轻些儿，不要压坏了我的小侄儿！他刚才受了伤的。"

不久我和许多族人进了糙胡子的衣袋里。这里虽然阴暗，但是人多，不觉寂寞。只是有一股特别的气味，使人闻了恶心。这气味从衣袋角里的一个锡纸包里发出，好像焦布臭，又好像焦糖气。一位姑母用头擦开了那锡纸包的一角。我们看见里面裹着的是焦黄色的粒子。气味更猛了！我从它们旁边擦过，身上又染了一个焦黄的迹。忽然，一只手伸进衣袋来，取了三个姊姊出去。同时听见糙胡子对人说话："今天生意不好，照应些罢！"一个毛喉咙接着说："不捉你赌，已经照应了！你也要识相啊！"手又伸进袋来，把我取出，递给那毛喉咙的人。我看见他戴着鸭舌头帽，衣服像个兵，嘴唇永远撅起。他接了我，看看，闻闻，冷笑着对糙胡子说："这焦黄的是什么？"糙胡子拍拍他的肩，含糊地说："老朋友，老朋友！"他哼地一笑，就把我塞进他的裤袋中。

毛喉咙的裤袋里，已有我的一个弟兄住着。他身上焦黄迹比我更多。他看见我进来，笑着问："你从哪里来的？"我说："糙胡子身边。"他说："我也是从他那里来的，昨天下午。我气极了!他竟拿我当抹布,去揩他的一支特别粗大的烟筒……"他正在说,忽闻外面有锣鼓声、人声,非常热闹。我们侧着耳朵听了一会,大家脚底痒起来。正在想出去看,但见一只龌龊的手,徐徐地伸进裤袋来,徐徐地执住了我们兄弟两个,又徐徐地扯出去。出裤袋后,一刹那间,我瞥见一个戏台上正在做戏,台下无数人站着看。其中有一个癞头,把我从毛喉咙的裤袋中取出,立刻塞进他自己的裤腰里。其间不到一秒钟。我们沿了他的肚皮落下,以为要从裤管中落出在地上了。谁知他的裤管用带扎好,下面不通。我们恰好搁在他的裤裆里。这是我们从来未曾逢到过的恶环境!就是我们的伯伯,公公,恐怕也未必遭逢到。这是我们的奇耻大辱!

我们兄弟二人伏在裤裆中,交口谩骂这癞头。裤裆不绝地荡动了一会,忽然停止了。癞头取我们出来时,我但见他脱下了半条裤子,蹲在茅厕上,热心地观察我们。这里臭气熏天!但比裤裆中总好些,我们已堪庆喜。我捏紧了鼻子,眺望茅厕外面,看见了美丽的野景:密密的桑叶筑成一堵浓绿色的城墙,上有小鸟歌唱着。青的草织成一条广大的毯子,上有蝴蝶儿跳舞着。日光鲜丽,空气清爽,好个神仙世界!回思我们做钞票的,天天躲在龌里龌龊、狭里狭窄、乌天黑地、阴阳怪气的地方,真是阳间地狱!我们不敢奢望做鸟儿蝴蝶,但能做桑地里的一块泥土,也是万幸了!

一会儿,癞头把我们塞在茅厕的墙洞里,然后起来缀他的裤子。后来又把脚架在茅厕缘上,把裤管的带重新缀过,缀得越紧越好。我知道了!他原来是以裤裆为临时储藏库的!人这件东西,真是千态万状的怪物!他们的生活样式,无奇不有。甚至有以裤裆为临时储藏库的人!于是我猜谅他把我们塞在这墙洞里,这里大约是他的正式储藏库了。虽然有臭气,但可看野景,我倒欢喜。可是事实不然;他缀好了脚带,就把我们二人从墙洞中取出,把我的兄弟藏在他的衣袋里,拿了我走到茅厕外面的溺鼈边,蹲下去,掀开鼈边的一块砖头,把我压在砖头底下。这里又潮,又暗,又臭,我想大声呼救。但砖头已把我紧紧地压住,我不能作声了。

我气得睡着了。醒来时,看见那癞头正在取我出来,同时对一个方头胡子说:"我只有这一角大洋了。不过,我现在只能先还你半角,请你找我十七个铜板,让我买碗夜粥吃吃。大家老朋友了!"方头胡子见了我,立刻上前来夺,同时凶狠地说:"贼癞痢!欠了人铜钱不还,却自己喝酒,又把余钱储藏在这里?拿过来,这张角票还了我再说。你的库房一定不止这一处。让我再打一顿,好教你再说出来。"就一手来打他的癞头皮,一手来夺我。争夺的结果,算我倒运:我被腰斩为两段!痛苦万状!我拼命地喊:"救命!救命!你们欠钱,关我小钞票啥事体!为什么腰斩了我?"他们不来理我。方头胡子使劲地在癞头上打了几下,我的下半身终于归到方头胡子手里。他把我两半身叠起来,折好,塞在衣袋里,骂着"贼癞痢!"去了。

我被腰斩了,放在方头胡子的衣袋里,半死半活,不省人事。后来我渐渐苏醒,觉得自己的身体仰卧在平稳的地方,有人正在抚摩我。我想大约已经躺在医院里的病床上,有医生正在为我接骨了。我心中安慰些。但是,为什么我的上半身仰天而下半身合扑呢?张开眼睛一看,原来那医生就是方头胡子。他正在用右手的小指甲,向自己的牙齿上刮下齿粪来,涂在两个小纸条上。我又不解其意,心想难道这种龌里龌龊的东西可以当药的吗?难道他要把这些纸条贴到我的身上来?没有想完,果然不出所料,他拿起涂着一层浓厚的齿粪的小纸条来,要贴到我的腰际来。我拼命地喊:"我的下半身合扑着,快给我翻转来!"但他已经贴牢,用掌心重重地敲我三下。又把我的身体翻转,用另一纸条贴在我的背上,又重重地敲我三下。然后说一声"好!"把我放在灶山上。我扭着身体躺着,看见灶头,回想起贵林嫂家的炮烙之灾来。我觉得,与其在此做残废者,不如早些儿在贵林嫂家的灶里烧死了。

平生所闻的臭气,不少了:朱荣生鞋底上的鸡粪臭、他的脚臭、他枕头底下的焦黄小乌龟臭、糙胡子袋角里的焦黄小粒子臭、癞头的裤裆臭、茅厕臭、尿鳖臭。但臭之难当,无过于方头胡子的齿粪了!这种臭带着腥气,好像夏天的死鱼的气味;又带着酸味,好像没有放石炭酸的陈腐的糨糊气。别人"腰缠万贯",我却腰缠了这种臭东西!但是说也奇怪,我的腰果然被接好了。在灶山上烘了一会,愈加牢了。方头胡子把我拿下来,两手执住我的头和脚,拉了两下,说:"好!蛮牢蛮牢!"就拿我到门口,递给一个浓眉小眼而臂上挂着篮的人,向他买一包仙女牌。那人看看我,摇摇头,说"这票子用不来。"方头胡子拍拍胸部,说:"用不来包退包换!"那小眼睛终于接受了我,把我塞在他的篮底里。

我听了方头胡子和小眼睛所说的"用不来"一句话,心中十分悲伤。回想当日何等体面,何等光荣!不料今日弄得浑身臭秽,半身不遂,甚至被人说:"用不来!"正在悲伤,忽被从篮底取出。但见天色已黑,小眼睛坐在一只板桌旁边。桌上放着洋油灯,他的贩卖篮,和一个空盆、一双筷、一只空酒杯和一只空酒桶,倒立在桌边上。他把我取在手中,看了一回,就骂我:"妈的,半斤酒一刹刹就喝完。只剩你这张破钞票,现在要派你去添酒了。"忽然他把我在桌子上用力一掷,大骂起来:"妈的,我辛苦地跑了一天,喊了一天,只赚得你这个破东西!我在为你受苦!我一生一世吃了你的亏!这会儿你在我手里了,请你吃点苦头去。我要你的命!"他就拿我的脚到洋油火上去烧。我痛极大叫:"冤枉!冤枉!不关我事!"但他烧了我的右脚,再烧左脚,再烧右臂,再左臂。我的腰已经扭转,如今四肢都残缺了。

　　他烧好了,把我丢在地上,地上有许多肉骨头,大约是刚才他下酒时抛下来的。我用一根肉骨头当枕头卧了,想静养一会儿。听见小眼睛还是怒气冲冲地在骂我:"妈的!我要你的命!屋漏水打湿了一包香烟,蚀耗了十一只板。昨天偷脱两包。酥糖,又是蚀耗了十四只板。"我伏在地轻轻地说:"不关我事!"他继续骂:"妈的,我要你的命!冬衣当光了!糕饼店里的一块二角讨得真凶,新货定要现交!工厂里倒出来的人都做小贩,生意被他们抢光了!"我又伏在地上轻轻地说:"不关我事!"他用手指着了我,再继续骂:"妈的,我要你的命!你为什么不肯到我这里来?你多来几个,我不致吃这等苦头!你害了我终身!我要你的命!"他立起身来了。我想大喊"不关我事",他已经用脚在我身上乱踏。一边骂,一边踏,踏得我的头和脚都豁裂,我痛得晕过去了。

　　我醒转来,看见自己躺在一张桌子上,身旁放着糨糊和剪刀,一个老婆婆戴着眼镜,在那里救治我的头和脚的破裂。她刚才用一条纸,从头至踵,贴在我身上。一边向墙角里藤椅上的老头子说:"隔壁的小眼睛阿二吃得烂醉,又来打酒,用了张破钞票进来。我要同他掉,他说没有了;用不掉包退包换。这张票真破得厉害。黑得字也看不出了。别人已经补过一根横条,我再补一根直条上去。弄得纸头多,钞票少了,哈哈。"说着,把我翻转来,再用一条纸贴到我的背上去。老头子衔着旱烟筒,独语似的,说:"阿二这东西,不知哪里去弄这种破东西来!明天我给主雇罢。用不脱,定规同他掉!"他慢慢地走向老婆婆这边来。这时老婆婆已把我补好,摊在灯下。老头子提起我来,到灯光底下细看了一会儿,说:"下半张还是反转贴的!三八一五八八,"又翻转来看,念道:"三八一五八八,号子倒没有错。"他放下我,踱开去,一面说:"只要好用,还不是一样的。"

我在酒店老婆婆的抽斗角里,昏昏沉沉地睡了一夜。次晨醒来,听见旁边有女人的声音在那里咻咻地笑。一看,原来是面孔上曾盖"昌"字印子的姊姊。她的圆圆的脸已揩得雪白,坐在我身旁,用下颚向我冷笑。我低下了眼睛。她却开口问我:"小弟弟,你的新衣裳呢?"我羞得满面通红,低头不语。她又说了:"我以为你的新衣裳永远不破不旧了!"我愤怒起来,厉声质问她:"我在受难,你还要嘲笑我!"她难为情起来,就来安慰我,抚摩我的痛处。我睡着了。晚快醒来,这姊姊已不知去向。过了一会儿,老婆婆拿我出来,递给一个工役样子的男人。他手中拿着一瓶酒,立在柜边等我。他见了我,提起我来一看,还给老婆婆,说:"这张票子不大好用呢,你找我铜板罢。"老婆婆缩着头颈,笑着说:"阿芳哥,铜板没有了。这票子好用的!我们也是主雇用进来的。破有啥要紧,只要值三十五个铜板,还不是一样的!"阿芳向我再看一会儿,拿了我出门,回头又喊一声:"倘然东家不要,我要来掉呢!"老婆婆说:"好的,好的。东家一定要的。"

阿芳拿了我走进一家人家,我觉得这地方很稔熟,但一时记不起来。他把我递交一位洋装先生,一面说:"酒店里的老太婆定要找我一张破角票,我说不好用要来掉的。"洋装先生笑嘻嘻地伸手接了我。我方才认识,他就是张先生,文彬的父亲。我悲喜交集,一时说不出话来。张先生又像看信一般,用两手把我提高,念道:"一张破钞票!中国农民银行的!下半张还是反转贴的!不知他游了几多地方?经过了哪些人的手?"他的女儿慧贞跑过来,仰起头看我的背部,说道:"咦!这张也算钞票!"恰好文彬放学回家,听见了他姊姊的话,就背了书包赶过来,向我一看,也说道:"咦!这张也算钞票!"张先生突然问他:"阿彬,前会我给你的一张新钞票呢,崭新崭新的一张?"阿彬想了一想,蹙紧小眉头说:"我夹在画帖里,后来翻不着了!"张先生用指头点点他,说:"我晓得你要失去的。"慧贞笑着问他:"你想积起来买飞机,航空救国呀!你救了什么?"阿彬白她一眼。她挺起眼睛回想一下,说道:"可惜!很美丽的一张!像爸爸的图案画稿!如今不知到哪里去了!"阿彬也挺起眼睛想了一会,接上去说:"上面还有字。中、国、农、民、银、行……壹角、壹角、壹角……细来!清爽来!多来!如今不知到哪里去了!"两人耽于回想的欢喜中,脸上现出同样的微笑来。我已悲愤填胸,听到这话,大声叫喊:"我就是那张新钞票呀!你们怎么不认识我?"但是他们不听见。慧贞还是在说:"唉!那张新钞票不知到哪里去了!"又指着我对文彬说:"这张你也要了去吧!"文彬摇摇头说:"我不要它!"我又大声叫喊:"我就是你的新钞票呀!"但是他始终没有听见。

　　张先生对着我沉思了一会儿,又说:"不知它游了几多地方?经过了哪些人的手?"就用图画钉把我钉在他书室中的墙上,他的图案原稿的旁边。我的残躯总算得了休养之所。

廿四年(1935年)十月十二日

梧桐树①

寓楼的窗前有好几株梧桐树。这些都是邻家院子里的东西,但在形式上是我所有的。因为它们和我隔着适当的距离,好像是专门种给我看的。它们的主人,对于它们的局部状态也许比我看得清楚;但是对于它们的全体容貌,恐怕始终没看清楚呢。因为这必须隔着相当的距离方才看见。唐人诗云:"山远始为容。"我以为树亦如此。自初夏至今,这几株梧桐树在我面前浓妆淡抹,显出了种种的容貌。

当春尽夏初,我眼看见新桐初乳的光景。那些嫩黄的小叶子一簇簇地顶在秃枝头上,好像一堂树灯②。又好像小学生的剪贴图案,布置均匀而带幼稚气。植物的生叶,也有种种技巧:有的新陈代谢,瞒过了人的眼睛而在暗中偷换青黄。有的微乎其微,渐乎其渐,使人不觉察其由秃枝变成绿叶。只有梧桐树的生叶,技巧最为拙劣,但态度最为坦白。它们的枝头疏而粗,它们的叶

---

① 本篇原载《宇宙风》1935年12月16日第1卷第7期,署名:子恺。
② 按作者故乡一带的风俗,人死后须在尸场上靠近头的一端点起树灯,树灯是一种点着许多油灯的树形灯架。

子平而大。叶子一生，全树显然变容。

在夏天，我又眼看见绿叶成阴的光景。那些团扇大的叶门，长得密密层层，望去不留一线空隙，好像一个大绿障，又好像图案画中的一座青山。在我所常见的庭院植物中，叶子之大，除了芭蕉以外，恐怕无过于梧桐了。芭蕉叶形状虽大，数目不多，那丁香结要过好几天才展开一张叶子来，全树的叶子寥寥可数。梧桐叶虽不及它大，可是数目繁多。那猪耳朵一般的东西，重重叠叠地挂着，一直从低枝上挂到树顶。窗前摆了几枝梧桐，我觉得绿意实在太多了。古人说"芭蕉分绿上窗纱"，眼光未免太低，只是阶前窗下的所见而已。若登楼眺望，芭蕉便落在眼底，应见"梧桐分绿上窗纱"了。

一个月以来，我又眼看见梧桐叶落的光景。样子真凄惨呢！最初绿色黑暗起来，变成墨绿；后来又由墨绿转成焦黄；北风一吹，它们大惊小怪地闹将起来，大大的黄叶便开始辞枝——起初突然地落脱一两张来，后来成群地飞下一大批来，好像谁从高楼上丢下来的东西。枝头渐渐地虚空了，露出树后面的房屋来，终于只剩几根枝条，回复了春初的面目。这几天它们空手站在我的窗前，好像曾经娶妻生子而家破人亡了的光棍，样子怪可怜的！我想起了古人的诗："高高山头树，风吹叶落去。一去数千里，何当还故处？"现在倘要搜集它们的一切落叶来，使它们一齐变绿，重还故枝，回复夏日的光景。即使仗了世间一切支配者的势力，尽了世间一切机械的效能，也是不可能的事了！回黄转绿世间多，但象征悲哀的莫如落叶，尤其是梧桐的落叶。落花也曾令人悲哀。但花的寿命短促，犹如婴儿初生即死，我们虽也怜惜他，但因对他关系未久，回忆不多，因之悲哀也不深。叶的寿命比花长得多，尤其是梧桐的叶，自初生至落尽，占有大半年之久，况且这般繁茂，这般盛大！眼前高厚浓重的几堆大绿，一朝化为乌有！"无常"的象征，莫大于此了！

但它们的主人，恐怕没有感到这种悲哀。因为他们虽然种植了它们，所有了它们，但都没有看见上述的种种光景。他们只是坐在窗下瞧瞧它们的根干，站在阶前仰望它们的枝叶，为它们扫扫落叶而已，何从看见它们的容貌呢？何从感到它们的象征呢？可知自然是不能被占有的。可知艺术也是不能被占有的。

廿四年（1935年）十一月廿八日夜作

物　语[①]

　　晴爽的五月的清晨，缘缘堂主人早起，以杨柳枝漱口，饮清水一大杯，燃土耳其卷烟一支，走近堂楼窗际，凭栏闲眺庭中的景物，作如是想：

　　葡萄也贪肥。用了半张豆饼，这几天就青青满棚。且有许多藤蔓长出棚外，颤袅空中，在那里要求延长棚架了。那嫩叶和卷须中间，已有无数绿色的小珠，这些将来都是结葡萄的。预想今年新秋，棚下果实累累，色如琥珀，大如鸟卵，味甘可口，专供我随意摘食。半张豆饼的饲养，换得它这许多的报效，这植物真可谓有益于人生，而尽忠于主人的了。去年夏秋，主人客居他方，听说它生的很少且小而无味。今年主人将在此过夏秋，它颇能体贴人意，特地多抽条枝，将以博主人之欢。你看：那嫩叶在朝阳中向我微笑，那藤蔓儿在晨风中向我点头，仿佛在说："我们都是为你生的呀！"

　　南瓜秧也真会长！不多天之前撒下几颗南瓜子，现在变成了

[①]　本篇原载《宇宙风》1936年7月16日第2卷第21期。

一座小林。那些茎儿肥胖得像许多青虫。那子叶长大得像两个浮萍。有些子叶上面还顶着一张带泥的南瓜子壳，仿佛在对我证明："诺！我确是从你所撒下的那颗瓜子里长出来的呀！"我预备这几天就给它分秧。掘几枝种在平屋后面的小天井里，让它们长大来爬到平屋上。再掘几枝种在灶间后面的阴沟旁，让它们长大来爬在灶间上。南瓜的确是一种最可爱的作物。你想，一粒瓜子放在墙下的泥里，自会迅速地长出蔓来，缘着竹竿爬到人家的屋上。不到半年，居然会变出十七八个果实来，高高地横卧在屋顶，专让屋主随时取食，教外人无法偷取。这不是尽忠于主人的作物吗？况且果实又肥又大，半个南瓜可烧一锅，滋味又甜又香，又可充饥，又易消化。这不是最有益于人生的植物吗？它那青虫似的苗秧，含蓄着无限的生产力，怀抱着无限为人服务的忠诚。古人咏小松曰："时人不识凌云木，直待凌云始道高。"这两句正可拜借来赞咏我眼前的南瓜秧。看哪，许多南瓜秧在微风中摇摆着。它们大约知道我正在赞赏它们，故尔装出这得意的样子来酬答我。仿佛在对我说："我的出身虽然这么微贱，但是我有着凌云之志，将来定要飞黄腾达，以报答你的养育之恩！"

　　鸽子们一齐在棚里吃早食了。雌的已会生蛋。它们对主人真亲善：每逢一只雌鸽子生了两个蛋，倘这里的小主人取食一个，它能补生一个。倘再取食一个，它能再补生一个，绝无吝啬，永不表示反抗。现在我要阻止这里的小主人的取食鸽蛋，让它们多孵小鸽子。将来小鸽子多了，我定要把棚扩大且加以改良，让它们住得舒服。因为它们对我的服务实在太忠诚了：我每逢出门，带几只在身边，到了远方，要使这里的主母知道我的行踪和起居，可写一封信缚在鸽子的脚上，叫它飞送。一霎它就带了信回家,报告主母,比航空邮便还快,比挂号信还妥当。不但省了我许多邮票,又给我许多便利,外加添了我家庭中的许多趣味。这是何等有智慧而通人意的一种小动物!我誓不杀食你们的肉,我誓愿养杀你们①。啊,它们仰起头来望我了,啊,它们"咕,咕"地对我叫了。这明明是对我表示亲爱,仿佛在说:"Good morning! Good morning!(早安!早安!)"

黑猫把头钻在门槛底下做什么?不错!它是在那里为我驱逐老鼠。门槛底下的洞正是老鼠出没的地方。前天我亲眼看见两只大老鼠被它追赶,仓皇地逃进这洞里去。以前我家老鼠多而且凶。白昼常常横行,晚上更闹得人不能睡眠。抽斗都变成了老鼠的便所,人所吃的都是老鼠的残食。原稿纸在桌上放过一夜,添上了老鼠的小便痕。孩子们把几粒花生米在衣袋里放过一夜,明天连衣襟都被咬破。自从这只黑猫来到我家以后,老鼠忽然肃清,家人方得安眠。真是除暴安良,驱邪降福。它的服务多么忠诚勤恳:晚间通夜不睡,放大了两个瞳孔,在满间屋子里巡查侦缉。白天偶尔歇息,也异常警惕。听见墙角吱吱一声,就猛然惊醒,勇往直前,爪牙交加,务须驱之屋外,或置之死地而后已。即使在吃饱的时候,看见了老鼠也绝不放过,宁可不吃,不可不杀。总之,它的捕鼠非为一己口腹之欲,全为我家除害。故终日终夜惶惶然,唯恐老鼠伤害了我家的一草一木。它仰起头,竖起尾巴,向我"咪呜,咪呜"地叫了。这神气多么威武,这声音又多么柔媚!好似一员小将杀退了毛贼,归来向国王献捷的模样。

缘缘堂主人作如是想毕,满心欢喜,得意洋洋,深深地吸入

---

① 养杀你们,意即供养你们一辈子直到老死。

一口土耳其卷烟，喷出烟气与屋檐齐高。然后暂闭两目，意欲在晨曦中静养其平旦之气。忽闻庭中哧哧作笑，呜呜作声，似有人为不平之鸣者。倾耳而听，最先说话的是葡萄：

"哈，哈，这老头子发痴！他以为我是为他生的。人类真是何等傲慢而丑恶的动物！我受天之命而降生，借自然之力而成长，何干于你？我在这里享乐我自己的生命，繁殖我自己的种子，何尝为你而生？你在我的根上放下半张豆饼，为我造棚，自以为对我有培养之恩吗？我实在不愿受这种恩，这非但对我自己的生活毫无益处，实在伤害了我！你知道吗！我本来生在山野，泥土是适我胃口的食粮，雨露是使我健康的饮料，岩壁丘壑是我的本宅，那时我的藤蔓还要粗，我的种子还要多，我的攀缘力与繁殖力比现在强得多。自从被你们人类取来豢养之后，硬要我吃过量的食料，硬把我拘束在机械的棚上，还要时时弯曲我的藤蔓，教我削足适履；裁剪我的枝叶，使我畸形发展。于是我的藤蔓变成如此细弱，我的种子变得如此臃肿。我的全身被你们造成了残废的模样。你称赞我的种子色如琥珀，大如鸟卵。其实这在我是生赘疣，生臌胀，生小肠气病，都是你害我的！你反道这是我对你的恩惠的报效，反道我尽忠于你，真是荒天下之大唐！尤可笑者，去年我生得少，你以为是你不在家的缘故；今年我生得多，你以为是博你的欢。我又不是你的情人，为你离家而憔悴；又不是你的奴隶，在你面前献媚！告诉你吧：我因生理的关系，要隔年繁荣一次。你偶然凑巧，就以为我逢迎你，真真见鬼！人类往往做这种狂妄的态度：回家偶逢花儿未落就说它'留待主人归'；送别偶逢鸟儿闲啼，就以为'恨别鸟惊心'；出门偶逢天晴，自以为'天佑'，岂不可笑？我们与你同是天之生物，平等地站在这世间,各自谋生,各自繁殖,我们岂是为你们而存在?你以为我在微笑,在点头。其实我在悲叹,在摇头。为了你强迫我吃了半张豆饼,剪去了我许多枝叶,眼见得今秋的果实又要弄得臃肿不堪,给你们吞食殆尽,不留一粒种子。昨天隔壁三娘娘家的母猪偶然到这里来玩。我曾经同她互相悲叹愤慨。我和她同样也受你们的'非生物道'的虐待,大家变得臃肿残废而果你们的口腹。人类真是何等野蛮的东西!自己也是生物,却全不顾'生物道',一味自私自利,有我无人。还要一厢情愿,得意洋洋。天下的傲慢与丑恶,无过于人类了!"下面继续起来的谩骂之声,是那短小精悍的南瓜秧所发的:

"人类不但傲慢而丑恶,简直是热昏①!不要脸!他们自恃力强,公然侵略一切弱小生物。'弱肉强食'在这世间已成了一般公理;倘然侵略者的态度坦白,自认不讳,倒还有一点可佩服;可是他们都鬼头鬼脑,花言巧语,自命为'万物灵长',以为其他一切生物皆为人而生,真是十八刀钻不出血的老皮面!葡萄伯伯的抗议,我不但完全同情,且觉得措辞太客气了。人这种野蛮东西,对他们用什么客气?你不知道我吃了他们多少苦头,才挣得这条小性命呢。我的母亲是一个体格强壮而身材苗条的健全的生物,被他们残忍地腰斩了,切成千刀万块,放在锅子里烧到粉骨碎身。那时我同众兄弟们还在娘肚皮里,被他们堕胎似的取出,盛在篮里,放在太阳光里晒。我们为了母亲的被害,已不胜哀悼;自己的小性命是否可保,又很忧虑。果然,晒了一天,有一人对着我们说:'南瓜子可以吃了!'我们惊起一看,其人正是

---

① 热昏,江南一带方言,意即昏了头。

这自命为主人的老头子！他端起我们的篮来，横七竖八地摇了一会儿，对那老妈子说：'拿去炒一炒！'这死刑的宣告使我们众兄弟同声号哭，然而他们如同不闻，管自开锅发灶，准备我们的刑场。幸而有一个小姑娘，她大概年纪还小，天良还没有丧尽，走过来对老妈子说：'不要全炒，总要给它们留些种子的！'我们有了免于灭族的希望，觉得死也甘心。大家秉公持正，仓皇地推选，想派几个体格最健全的兄弟留着传种，以绍承我母的血统。谁知那小姑娘不管我们本人的意见，随手抓了一把，对那老妈子说：'这一点拿去种，余多的你炒吧！'我幸而被抓在她的手里，又不幸而不是最健全的一个。然而有此虎口余生，总算不幸中之大幸。现在这父母之遗体靠了土地的养育和雨露的滋润，居然脱壳而出，蒸蒸日上，也可以聊尽子责而告慰泉壤了。但看这老头子的态度，我又起了无限的恐惧。我还道他家的小姑娘天良没有丧尽，慈悲地顾念我母的血食；原来不然，他们都全为自己，想等我大起来，再吃我的子孙！他贪恋我们的果实又肥又大，滋味又甜又香，何等可恶的老馋！他以为我们忠于主人，有益于人生；怀抱着为人服务的忠诚，何等荒唐的胡说！我们自有天赋的生产力，和天赋的凌云之志，但岂是为你们而生，又岂是你们所能养成？可惜我的根不能移动，若得像那鸽子，我早已飞出这可诅咒的牢狱和刑场，向大自然的怀里去过我独立自主的生活了！"南瓜秧说到这里，鸽子就接上去说：

"你的话大都是我所同情的。不过听到你最后的话，似有讥讽我能飞不飞，甘心为奴的意思，这使我不得不辩解了。古语云：'一家不晓得一家事'，难怪你怀疑于我。现在我把我们的生活情形告诉你吧：人对我的待遇，除了偷蛋可恶以外，其余的我都只觉得可笑。以为我对人亲善,服务忠诚,全是盲子摸象!我们的祖先本来聚居在山野中,无拘无束,多么自由的生活!后来不知怎样,被人捕到城市,豢养在囚笼里。我们有一种独特而力强的遗传性,就是不忘我们的诞生地。人类有一句话,叫做'狐死正首丘',又有俗语说:'树高千丈,叶落归根',他们也认为这是一种美德。我们因有这种遗传性的缘故,诞生在城市中的虽然飞翔力并不退化,却无意飞回山野。人类就利用我们这习性,为我们在庭院里筑窠巢,从单方面擅定我们是他们所豢养的,还要单恋似的说我们对人亲善,岂不可笑!我们为有上述的遗传性,大家善于记忆。即使飞到了数千百里之外,仍能飞回原处,绝对不要找警察问路。因此人类又来利用我们,把信札缚在我们的脚上,托我们带回。纸儿并不重,我们也就行个方便。但这是'乘便',不是专差,人类却自以为我们是他们的专差,称我们为'传书鸽',还要谬赞我们服务忠诚,岂不更可笑吗?尤可笑的,我们有几个住在军队中的兄弟,不幸在战场上中了流弹,短命而死,军人居然为它们建筑坟墓,还要补送它们勋章,教它们受祭奠。哈哈,我们只为了恪守祖先的遗志,不忘自己的根本,故而不辞冒险,在战场上来往;谁肯为这种横暴的侵略者做走狗呢?老实说,若不为了他们那种优良的食物的供养,我们也不肯中他们的计。只是那种食物太味美了,我们倒有些舍不得。横竖我们有的是翅膀,飞过战场也没有什么可怕,也乐得多吃些美食,在那里看看人类自相残杀的恶剧吧。这里的主人每逢托我带信回家,主母来接取我脚上的纸儿时,也必拿许多优良的食物供奉我。我为贪食这些,每次总是赶快回来。他们却误解了,以为我服务忠诚,真是冤哉枉也!也许他们都知道,为欲装'万物灵长'的场面，故意假痴假呆，说我们忠诚。那更是可笑而可耻了！刚才我在这里向朝阳请早安，那老头儿却自以为我在对他说'Good morning'。这便是可笑可耻的一端。"黑猫也昂起头来说话了。

"鸽子哥儿的话好像是代替我说的！我的境遇完全和你一样，我的猫生观也和你相同。那老头儿以为我在这里为他驱鼠，谬赞我服务忠诚，并且瞎说我的捕鼠不为口腹，全为他家除害，唯恐老鼠伤害了他家的一草一木，在我也常觉得荒唐可笑。把我的平生约略地告诉你吧：我本来住在这里的邻近人家的。因为那人家自己没饭吃，更没有钱买鱼来供养我；他们的房子又异常狭小，所有的老鼠很少；即使有几只，也因为那屋破得可以，瓦上、壁上、窗户上，处处有不大不小的隙缝，老鼠可以自由逃窜，而我猫却钻不进去。我往往守候了好几天，没有一只老鼠可得，因此我只得告辞，彷徨歧途。偶然到这屋檐上窥探，看见房子还高大，布置还像样。我正想混进来找些食物，这里小姑娘已在檐下模仿我的叫声而招呼我了。不久那老妈子拿了一只碗走到檐下，劝着我'叮叮叮叮'地敲起来。我连忙跳下来就食：碗里的东西真美味，全是我所最欢喜的鱼类！我预备常住在这里。但闻那老妈子说：'这猫不知是从哪里来的。这般瘦，看来是没有人家养的。我们养了吧，老鼠太多，教它赶老鼠。'那小姑娘说：'这只猫样子也好看！我们养了它！不要忘记喂食！'我听了这话，就决心常住在这里了。他们的供养的确很好。外加前后许多屋子，都有无数的老鼠，任我随时捕食。现在老鼠虽已减少，且都警戒，只要用点工夫，或耐心装个假睡，也总可捞得一个。我们也有一种独特的遗传性，就是欢喜吃老鼠。老鼠比鱼更好吃。所以我虽在刚刚吃饱鱼饭的时候,见了老鼠仍是感到一种说不出的香味,不由地要捉住它。老实说,这里倘没有了上述的食物,我早已告辞了。那老头儿还说我为他服务忠诚,是上了我的当,不然,便如你所说,他是假痴假呆地夸口,以助'万物灵长'的威风。刚才我因为早晨没有吃过,追老鼠又落个空,仰起头来喊他给我备早饭,他却视我为献媚、献捷,也是人类可笑可耻的一个实例!——照理,正如葡萄先生和南瓜小姐所主张,我们都是受命于天而长育于地的平等的生物,应该各正性命,不相侵犯。但这道理太高,像我兄弟就做不到。但我们自认吃鱼吃老鼠不讳,态度是坦白的。至于像人类这样巧立了'灵长'的名目而侵略万物;还要老着面皮自以为'万物为我而生',我们是不屑为的!"

缘缘堂主人倾耳而听,不漏一字;初而惊奇,继而惶恐,终于羞惭。想要辩解,一时找不出理由。土耳其卷烟熄,平旦之气消,愀然变容,悄然离窗,隐几而卧。

廿五年(1936年)五月十三日作,曾载《宇宙风》

生　机[①]

去年除夜买的一球水仙花，养了两个多月，直到今天方才开花。

今春天气酷寒，别的花木萌芽都迟，我的水仙尤迟。因为它到我家来，遭了好几次灾难，生机被阻抑了。

第一次遭的旱灾，其情形是这样：它于去年除夕到我家，当时因为我的别寓里没有水仙花盆，我特为跑到瓷器店去买一只纯白的瓷盘来供养它。这瓷盘很大，很重，原来不是水仙花盆。据瓷器店里的老头子说，它是光绪年间的东西，是官场中请客时用以盛某种特别肴馔的家伙。只因后来没有人用得着它，至今没有卖脱。我觉得普通所谓水仙花盆，长方形的、扇形的，在过去的中国画里都已看厌了，而且形式都不及这家伙好看。就假定这家伙是为我特制的水仙花盆，买了它来，给我的水仙花配合，形状色彩都很调和。看它们在寒窗下绿白相映，素艳可喜，谁相信这是官场中盛酒肉的东西？可是它们结合不到一个月，就要别离。

---

① 本篇原载《越风》1936 年 3 月第 10 期。

为的是我要到石门湾去过阴历年,预期在缘缘堂住一个多月,希望把这水仙花带回去,看它开花才好。如何带法?颇费踌躇:叫工人阿毛拿了这盆水仙花乘火车,恐怕有人说阿毛提倡风雅;把它装进皮箱里,又不可能。于是阿毛提议:"盘儿不要它,水仙花拔起来装在饼干箱里,携了上车,到家不过三四个钟头,不会旱杀的。"我通过了。水仙就与盘暂别,坐在饼干箱里旅行。回到家里,大家纷忙得很,我也忘记了水仙花。三天之后,阿毛突然说起,我猛然觉悟,找寻它的下落,原来被人当作饼干,搁在石灰甏上。连忙取出一看,绿叶憔悴,根须焦黄。阿毛说"勿碍①",立刻把它供养在家里旧有的水仙花盆中,又放些白糖在水里。幸而果然勿碍,过了几天它又欣欣向荣了。是为第一次遭的旱灾。

  第二次遭的是水灾,其情形是这样:家里的水仙花盆中,原有许多色泽很美丽的雨花台石子。有一天早晨,被孩子们发现了,水仙花就遭殃:他们说石子里统是灰尘,埋怨阿毛不先将石子洗净,就代替他做这番工作。他们把水仙花拔起,暂时养在脸盆里,把石子倒在另一脸盆里,掇到墙角的太阳光中,给它们一一洗刷。雨花台石子浸着水,映着太阳光,光泽,色彩,花纹,都很美丽。有几颗可以使人想象起"通灵宝玉"来。看的人越聚越多,孩子们尤多,女孩子最热心。她们把石子照形状分类,照色彩分类,照花纹分类;然后品评其好坏,给每块石子打起分数来;最后又利用其形色,用许多石子拼起图案来。图案拼好,她们自去吃年糕了!年糕吃好,她们又去踢毽子了;毽子踢好,她

---

① 勿碍,意即不要紧。

们又去散步了。直到晚上,阿毛在墙角发现了石子的图案,叫道:"咦,水仙花哪里去了?"东寻西找,发现它横卧在花台边上的脸盆中,浑身浸在水里。自晨至晚,浸了十来小时,绿叶已浸得发肿,发黑了!阿毛说"勿碍",再叫小石子给它扶持,坐在水仙花盆中。是为第二次遭的水灾。

第三次遭的是冻灾,其情形是这样的:水仙花在缘缘堂里住了一个多月。其间春寒太甚,患难迭起。其生机被这些天灾人祸所阻抑,始终不能开花。直到我要离开缘缘堂的前一天,它还是含苞未放。我此去预定暮春回来,不见它开花又不甘心,以问阿毛。阿毛说:"用绳子穿好,提了去!这回不致忘记了。"我赞成。于是水仙花倒悬在阿毛的手里旅行了。它到了我的寓中,仍旧坐在原配的盆里。雨水过了,不开花。惊蛰过了,又不开花。阿毛说:"不晒太阳的缘故。"就掇到阳台上,请它晒太阳。今年春寒殊甚,阳台上虽有太阳光,同时也有料峭的东风,使人立脚不住。所以人都闭居在室内,从不走到阳台上去看水仙花。房间内少了一盆水仙花也没有人查问。直到次日清晨,阿毛叫了:"啊哟!昨晚水仙花没有拿进来,冻杀了!"一看,盆内的水连底冻,敲也敲不开;水仙花里面的水分也冻,其鳞茎冻得像一块白石头,其叶子冻得像许多翡翠条。赶快拿进来。放在火炉边。久之久之,盆里的水溶了,花里的水也溶了;但是叶子很软,一条一条弯下来,叶尖儿垂在水面。阿毛说"乌者①。"我觉得的确有些"乌",但是看它的花蕊还是笔挺地立着,想来生机没有完全丧尽,还有希望。以问阿毛,阿毛摇头,随后说,"索性拿到灶

---

① 乌者,意即糟了。

间里去,暖些,我也可以常常顾到。"我赞成。垂死的水仙花就被从房中移到灶间。是为第三次遭的冻灾。

谁说水仙花清?它也像普通人一样,需要烟火气的。自从移入灶间之后,叶子渐渐抬起头来,花苞渐渐展开。今天花儿开得很好了!阿毛送它回来,我见了心中大快。此大快非仅为水仙花。人间的事,只要生机不灭,即使重遭天灾人祸,暂被阻抑,终有抬头的日子。个人的事如此,家庭的事如此,国家、民族的事也如此。

廿五年(1936年)三月作

沙坪小屋的鹅[1]

抗战胜利后八个月零十天，我卖脱了三年前在重庆沙坪坝庙湾地方自建的小屋，迁居城中去等候归舟。

除了托庇三年的情感以外，我对这小屋实在毫无留恋。因为这屋太简陋了，这环境太荒凉了；我去屋如弃敝屣。倒是屋里养的一只白鹅，使我恋恋不忘。

这白鹅，是一位将要远行的朋友送给我的。这朋友住在北碚，特地从北碚把这鹅带到重庆来送给我。我亲自抱了这雪白的大鸟回家，放在院子内。它伸长了头颈，左顾右盼，我一看这姿态，想道："好一个高傲的动物！"凡动物，头是最主要部分。这部分的形状，最能表明动物的性格。例如狮子、老虎，头都是大的，表示其力强。麒麟、骆驼，头都是高的，表示其高超。狼、狐、狗等，头都是尖的，表示其刁奸猥鄙。猪猡、乌龟等，头都是缩的，表示其冥顽愚蠢。鹅的头在比例上比骆驼更高，与麒麟相似，正是高超的性格的表示。而在它的叫声、步态、吃相中，

---

[1] 本篇原载《导报》月刊1946年8月1日第1卷第1期。

更表示出一种傲慢之气。

鹅的叫声,与鸭的叫声大体相似,都是"轧轧"然的。但音调上大不相同。鸭的"轧轧",其音调琐碎而愉快,有小心翼翼的意味;鹅的"轧轧",其音调严肃郑重,有似厉声呵斥。它的旧主人告诉我:养鹅等于养狗,它也能看守门户。后来我看到果然:凡有生客进来,鹅必然厉声叫嚣;甚至篱笆外有人走路,也要它引吭大叫,其叫声的严厉,不亚于狗的狂吠。狗的狂吠,是专对生客或宵小用的;见了主人,狗会摇头摆尾,呜呜地乞怜。鹅则对无论何人,都是厉声呵斥;要求饲食时的叫声,也好像大爷嫌饭迟而怒骂小使一样。

鹅的步态,更是傲慢了。这在大体上也与鸭相似。但鸭的步调急速,有局促不安之相。鹅的步调从容,大模大样的,颇像平剧(京剧)里的净角出场。这正是它的傲慢的性格的表现。我们走近鸡或鸭,这鸡或鸭一定让步逃走。这是表示对人惧怕。所以我们要捉住鸡或鸭,颇不容易。那鹅就不然:它傲然地站着,看见人走来简直不让;有时非但不让,竟伸过颈子来咬你一口。这表示它不怕人,看不起人。但这傲慢终归是狂妄的。我们一伸手,就可一把抓住它的项颈,而任意处置它。家畜之中,最傲人的无过于鹅。同时最容易捉住的也无过于鹅。

鹅的吃饭,常常使我们发笑。我们的鹅是吃冷饭的,一日三餐。它需要三样东西下饭:一样是水,一样是泥,一样是草。先吃一口冷饭,次吃一口水,然后再到某地方去吃一口泥及草。这地方是它自己选定的,选的目标,我们做人的无法知道。大约泥和草也有各种滋味,它是依着它的胃口而选定的。这食料并不奢侈;但它的吃法,三眼一板,丝毫不苟。譬如吃了一口饭,倘水盆偶然放在远处,它一定从容不迫地踏大步走上前去,饮水一口,再踏大步走到一定的地方去吃泥,吃草。吃过泥和草再回来吃饭。这样从容不迫地吃饭,必须有一个人在旁侍候,像饭馆里的侍者一样。因为附近的狗,都知道我们这位鹅老爷的脾气,每逢它吃饭的时候,狗就躲在篱边窥伺。等它吃过一口饭,踱着方步去吃水、吃泥、吃草的当儿,狗就敏捷地跑上来,努力地吃它的饭。没有吃完,鹅老爷偶然早归,伸颈去咬狗,并且厉声叫骂,狗立刻逃往篱边,蹲着静候;看它再吃了一口饭,再走开去吃水、吃草、吃泥的时候,狗又敏捷地跑上来,这回就把它的饭吃完,扬长而去了。等到鹅再来吃饭的时候,饭罐已经空空如也。鹅便昂首大叫,似乎责备人们供养不周。这时我们便替它添饭,并且站着侍候。因为邻近狗很多,一狗方去,一狗又来蹲着窥伺了。邻近的鸡也很多,也常蹑手蹑脚地来偷鹅的饭吃。我们不胜其烦,以后便将饭罐和水盆放在一起,免得它走远去,让

鹅的吃饭,常常使我们发笑。

鸡、狗偷饭吃。然而它所必须盛馔泥和草,所在的地点远近无定。为了找这盛馔,它仍是要走远去的。因此鹅的吃饭,非有一人侍候不可。真是架子十足的!

鹅,不拘它如何高傲,我们始终要养它,直到房子卖脱为止。因为它对我们,物质上和精神上都有贡献,使主母和主人都欢喜它。物质上的贡献,是生蛋。它每天或隔天生一个蛋,篱边特设一堆稻草,鹅蹲伏在稻草中了,便是要生蛋。家里的小孩子更兴奋,站在它旁边等候。它分娩毕,就起身,大踏步走进屋里去,大声叫开饭。这时候孩子们把蛋热热地捡起,藏在背后拿进屋子来,说是怕鹅看见了要生气。鹅蛋真是大,有鸡蛋的四倍呢!主母的蛋篓子内积得多了,就拿来制盐蛋,炖一个盐鹅蛋,一家人吃不了的!工友上街买菜回来说:"今天菜市上有卖鹅蛋的,要四百元一个,我们的鹅每天挣四百元,一个月挣一万二,比我们做工还好呢。哈哈哈哈。"大家陪他"哈哈哈哈"。望望那鹅,它正吃饱了饭,昂胸凸肚地,在院子里踱方步,看野景,似乎更加神气活现了。但我觉得,比吃鹅蛋更好的,还是它的精神的贡献。因为我们这屋实在太简陋,环境实在太荒凉,生活实在太岑寂了。赖有这一只白鹅,点缀庭院,增加生气,慰我寂寞。

且说我这屋子,真是简陋极了。篱笆之内,地皮二十方丈,屋所占的只六方丈,其余算是庭院。这六方丈上,建着三间"抗建式"平屋,每间前后划分为二室,共得六室,每室平均一方丈。中央一间,前室特别大些,约有一方丈半弱,算是食堂兼客堂;后室就只有半方丈强,比公共汽车还小,作为家人的卧室。西边一间,平均划分为二,算是厨房及工友室。东边一间,也平均划分为二,后室也是家人的卧室,前室便是我的书房兼卧

我的屋虽不上漏,可是墙是竹制的,单薄得很。

房。三年以来,我坐卧写作,都在这一方丈内。归熙甫《项脊轩记》中说:"室仅方丈,可容一人居。"又说:"雨泽下注,每移案,顾视无可置者。"我只有想起这些话的时候,感觉得自己满足。我的屋虽不上漏,可是墙是竹制的,单薄得很。夏天九点钟以后,东墙上炙手可热,室内好比开放了热水汀。这时候反教人希望警报,可到六七丈深的地下室去凉快一下呢。

竹篱之内的院子,薄薄的泥层下面尽是岩石,只能种些番茄、蚕豆、芭蕉之类,却不能种树木。竹篱之外,坡岩起伏,尽是荒郊。因此这小屋赤裸裸的、孤零零的、毫无依蔽;远远望来,正像一个亭子。我长年坐守其中,就好比一个亭长。这地点离街约有里许,小径迂回,不易寻找,来客极稀。杜诗"幽栖地僻经过少"一句,这屋可以受之无愧。风雨之日,泥泞载途,狗也懒得走过，环境荒凉更甚。这些日子的岑寂的滋味，至今回想还觉得可怕。

自从这小屋落成之后，我就辞绝了教职，恢复了战前的闲居生活。我对外间绝少往来，每日只是读书作画、饮酒闲谈而已。我的时间全部是我自己的。这是我的性格的要求，这在我是认为幸福的。然而这幸福必需两个条件：在太平时，在都会里。如今在抗战期，在荒村里，这幸福就伴着一种苦闷——岑寂。为避免这苦闷，我便在读书、作画之余，在院子里种豆、种菜、养鸽、养鹅。而鹅给我的印象最深。因为它有那么庞大的身体，那么雪白的颜色，那么雄壮的叫声，那么轩昂的态度，那么高傲的脾气，和那么可笑的行为。在这荒凉岑寂的环境中，这鹅竟成了一个焦点。凄风苦雨之日，手酸意倦之时，推窗一望，死气沉沉；唯有这伟大的雪白的东西，高擎着琥珀色的喙，在雨中昂然独步，好像一个武装的守卫，使得这小屋有了保障，这院子有了主宰，这环境有了生气。

我的小屋易主的前几天，我把这鹅送给住在小龙坎的朋友人家。送出之后的几天内，颇有异样的感觉。这感觉与诀别一个人的时候所发生的感觉完全相同，不过分量较为轻微而已。原来一切众生，本是同根，凡属血气，皆有共感。所以这禽鸟比这房屋更是牵惹人情，更能使人留恋。现在我写这篇短文，就好比为一个永诀的朋友立传，写照。

这鹅的旧主人姓夏名宗禹，现在与我邻居着。

卅五年（1946年）四月二十五日于重庆

赌的故事[1]

我做小孩子的时候,每逢新年,镇上开放赌博四天。无论大街小巷,到处都有赌场。公然地赌博,警察看见了也不捉。非但不捉,警察自己参加也不要紧。因为这四天是一年一度,人人同乐的日子,而警察也是人做的。那是前清末年的事,大家用阴历,警察局叫作团防局,警察叫作团丁。

后来民国光复,废止阴历,改用阳历。公开赌博也废止,虽然人家家里及冷僻的地方,仍有偷偷地赌博的。我向大后方逃难,去了十年。我重归故乡,今年过第一个新年,我很奇怪:胜利后的阴历新年,比抗战前的阴历新年过得更加隆重,好比是倒退了十年。记得抗战以前,阴历新年虽然没有尽废,但除了十分偏僻的地方以外,大都已经看轻,淡然处之。岂知胜利以后,反而看重起来:公然地休市;公然地拜年;有几处小地方,竟又公然地赌博。这显然是沦陷区遗留下来的腐败相,这便是战争的罪恶。

---

[1] 本篇原载《儿童故事》1947 年 4 月第 5 期。

我好比返老还童,今年在乡间的朋友家里(我自己已无家可归)过了一个隆盛的阴历年。在炉边吃糖茶年糕的时候,听别人谈赌经,想起了儿时不知从哪里听来的一个故事。我讲了一遍,围炉的人听了都很纳罕。我现在就写出来,再在纸上谈给诸位小朋友听。

赌博之中,有一种叫作"打宝"。其赌法是这样:有一只有盖的四方匣子,匣子里面有一块四方的木片,木片的一边上有一个"宝"字。摆赌的主人秘密地将木片放入匣中,使"宝"字向着一边,然后将匣子盖好,拿出来放在桌上,叫人猜度"宝"字

有几处小地方,竟又公然地赌博。

在哪一边。赌客中有的猜度"宝"字在东面,就在东面打一笔钱;有的猜度在南面,就在南面打一笔钱,有的猜度在西面、北面,就在西面、北面打一笔钱。打齐了,主人把匣子的盖揭开,一看,"宝"字在南面。于是打在南面的人就赢了,主人加三倍配他,例如他打十个铜板,主人要配他三十个铜板。打在东面、西面、北面的钱,都归主人没收。——但我所讲的,不过是一种原理。因为我不懂得赌,所以只能讲个原理。他们有种种名称,什么天门、地门、青龙、白虎……我都弄不清楚。久住在沦陷区的乡间的小朋友,看惯赌博的,也许比我内行,要笑我讲不清楚。但我情愿被笑,而且希望大家不要把这种东西弄清楚。因为这是低级的而且有害的玩耍,我们不可参加。我们现在的兴味,在于一个奇离的故事。

　　有一个人想靠赌发财。他借了一笔大款子作本钱。在新年里大规模地摆宝。在一个大房间里设一张大桌子,桌子上放着宝匣,许多人围着匣子打宝。大房间里面还有个小房间,小房间与大房间之间的壁上开一个窗洞,他自己住在小房间里做宝。他雇用一个伙计,叫他住在大房间里大桌子旁边开宝,收付银钱。开赌的时候,他先在小房间内把宝做好(就是把匣内的木片上的宝字旋向某一边)。把盖盖上,把宝匣放在窗洞缘上。窗洞的外面挂一个布幕。伙计撩开布幕,取出宝匣,放在桌上,让赌客们大家来打。打齐了,伙计嘴里唱着,把宝匣的盖揭开。一看,宝字在哪一边,打在哪一边的钱都要加配三倍;打在其他三边的钱一概吃进。收付完毕,伙计再撩开布幕,把宝匣还放在窗洞缘上,让主人去做宝。主人自己不出来对付赌客,但他可从布幕里静听赌场的情形,知道赢输的消息。

这一天开赌，主人运气不好，连输了三次。到第四次上，有两个大赌客，拿一笔大钱来打在'天门'上。数目我已忘记，总之是很多的，比方是现在的几千万或几万万。主人从幕里听见这情形，大吃一惊。因为这回的宝正做在'天门'上！他听见伙计开宝，他听见一片欢呼声，他听见伙计把他所有的钱配给这两大赌客还不够，又亏欠了一笔大债，而他的赌本完全是借来的，他这一急，非同小可！他急得发晕了！

伙计照常办事：他借债来配了钱，仍旧撩开布幕，把宝匣放在窗缘边，让主人去做。过了一会儿，又撩开布幕，把宝匣取出，再叫赌客们来打宝。赌客们一想，上次"天门"上庄家大输，这次绝不再在"天门"，大家打其余的三门。谁知伙计开出宝来，宝字又在"天门"上！于是庄家统统吃进，上次所负的债，还清了一半。

伙计又撩开布幕，把宝匣放在窗缘上，让主人去做。过了一会儿，又撩开布幕，取出宝匣来赌。赌客们想："天门"上一连两次，如今绝不再在天门上了。于是大家坚决地打其余三门。谁知伙计开宝，第三次又是"天门"！大批银钱全部吃进，庄家还清了债，还赢了不少。

伙计又撩开布幕，把宝匣放在窗缘上，让主人去做。过了一会儿，又撩开布幕，取出宝匣来赌。这回赌客想："天门"上一连三次了，绝不会再联第四次。于是更坚决地打其他三门，而且打的钱数更多。有许多人同时打三门，因为他们计算，吃两门，配一门，还是赢的。谁知伙计开宝，第四次又是"天门"！更大批的银钱全部吃进，庄家发了财！

伙计又撩开布幕，把宝匣放在窗缘上，让主人去做。过了一会儿,又撩开布幕,取出宝匣来赌。赌客们看见过去四次都是"天门",料想他赌五次绝不敢再做"天门"。于是大家打其他三门,一人同时打三门的比前次更多。谁知伙计开宝,第五次又是"天门"!赌客们大声地喧嚣起来,但也无可奈何,只是惊讶庄家好大胆而已。庄家又发了一笔财。

到了第六次,赌客们纷纷议论了。有人说:"恐怕第六次又是天门?"但多数赌客不相信,说:"从来没有这样的戇大①。"于是大家又打其他三门。结果开出宝来,第六次又是"天门"。大批的钱,又归庄家吃进。

如此下去,一连十次,统统是天门。庄家发了大财,银钱堆了两大桌子。赌客们大嚷起来,都说:"从来没有这种赌法。"一定要叫主人出来讲话。伙计也被弄得莫名其妙,就推进门去看主人。但见主人躺在榻上,一动不动,手足冰冷,早已气绝了!

原来第一次天门上大输的时候,主人心里一急,竟急死了!后来伙计每次撩开布幕,把宝匣放在窗缘上的时候,主人早已死去,并未拿宝匣去重新做过。所以一连十次,都是"天门"。这无心的奇计,竟能使主人大赢;只可惜赢来的这笔大财,主人已经享用不着了!

---

① 戇大,江南一带方言,意即愚蠢的人。

原来第一次天门上大输的时候,主人心里一急,竟急死了!

白　象[①]

　　白象是我家的爱猫，本来是我的次女林先家的爱猫，再本来是段老太太家的爱猫。

　　抗战初，段老太太带了白象逃难到大后方。胜利后，又带了它"复员"到上海，与我的次女林先及吾婿宋慕法邻居。不知为了什么原因，段老太太把白象和它的独子小白象寄交林先、慕法家，变成了他们的爱猫。我到上海，林先、慕法又把白象寄交我，关在一只无锡面筋的笼里，上火车，带回杭州，住在西湖边上的小屋里，变成了我家的爱猫。

　　白象真是可爱的猫！不但为了它浑身雪白，伟大如象，又为了它的眼睛一黄一蓝，叫作"日月眼"。它从太阳光里走来的时候，瞳孔细得几乎没有，两眼竟像话剧舞台上所装置的两只光色不同的电灯，见者无不惊奇赞叹。收电灯费的人看见了它，几乎忘记拿钞票；查户口的警察看见了它，也暂时不查了。

　　白象到我家后，慕法、林先常写信来，说段老太太已迁居他

[①] 本篇原连载于《申报·自由谈》1947年5月30日、31日、6月1日。

处,但常常来他们家访问小白象,目的是探问白象的近况。我的幼女一吟,同情于段老太太的离愁,常常给白象拍照,寄交林先生转交段老太太,以慰其相思。同时对于白象,更增爱护。每天一吟读书回家,或她的大姐陈宝教课回家,一坐倒,白象就跳到她们的膝上,老实不客气地睡了。她们不忍拒绝,就坐着不动,向人要茶,要水,要换鞋,要报看。有时工人不在身边,我同老妻就当听差,送茶、送水、送鞋、送报。我们是间接服侍白象。

有一天,白象不见了。我们侦骑四出,遍寻不得。正在担忧,它偕同一只斑花猫,悄悄地回来了,大家惊喜。女工秀英说,这是招贤寺里的雄猫,说过便笑起来。经过一个短促的休止符,大家都笑起来。原来它是到和尚寺里去找恋人去了,害得我们急死。

此后斑花猫常来,它也常去,大家不以为奇。我觉得白象更可爱了。因为它不像鲁迅先生的猫,恋爱时在屋顶上怪声怪气,

有一天,它临盆了,一胎五子。

吵得他不能读书写稿，而用长竹竿来打。后来它的肚皮渐渐大起来了。约摸两三个月之后，它的肚皮大得特别，竟像一只白象了。我们用一只旧箱子，把盖拿去，作为它的产床。有一天，它临盆了，一胎五子，三只雪白的，两只斑花的。大家称庆，连忙叫男工樟鸿到岳坟去买新鲜鱼来给它调将。女孩子们天天冲克宁奶粉给它吃。

小猫日长夜大，二星期之后，都会爬动。白象育儿耐苦得很，日夜躺卧，让五个孩子纠缠。它的身体庞大，在五只小猫看来，好比一个丘陵。它们恣意爬上爬下，好像西湖上的游客爬孤山一样。这光景真是好看！

不料有一天，一只小花猫死了。我的幼儿新枚，哭了一场，拿一条美丽牌香烟的匣子，当作棺材，给它成殓，葬在西湖边的草地中。余下的四只，就特别爱惜。我家有七个孩子，三个在外，四个在杭州，他们就把四只小猫分领，各认一只。长女陈宝领了花猫，三女宁馨、幼女一吟、幼儿新枚，各领一只白猫。这就好比乡下人把孩子过房给庙里的菩萨一样，有了"保佑"，"长命富贵"。大约因为他们不是菩萨，不能保佑；过一会儿，一只小白猫又死了。剩下三只，一花二白，都很健康，看看已能吃鱼吃饭，不必全靠吃奶了。白象的母氏劬劳，也渐渐减省。它不必日夜躺着喂奶，可以随时出去散步，或跳到女孩子们的膝上去睡觉了。女孩子们笑它："做了母亲还要别人抱？"它不理，管自睡在人家怀里。

有一天，白象不回来吃中饭。"难道又到和尚寺里去找恋人了？"大家疑问。等到天黑，终于不回来。秀英当夜到寺里去寻，不见。明天，又不回来。问题严重起来，我就写二张海报："寻猫：敝处走失日月眼大白猫一只。如有仁人君子觅得送还，奉酬法币十万元。储款以待，决不食言。××路××号谨启。"过了两天，有邻人来言，"前几天看见一大白猫死在地藏庵与复性书院之间的水沼里，恐怕是你们的。"我们闻耗奔丧，找不到尸体。问地藏庵里的警察，也说不知；又说，大概清道夫取去了。我们回家，大家沉默志哀，接着就讨论它的死因。有的说是它自己失脚落水，有的说是顽童推它下水，莫衷一是。后来新枚来报告，邻家的孩子曾经看见一只大白猫死在水沼上的大柳树根上。后来被人踢到水沼里。孩子不会说谎，此说大约可靠。且我听说，猫不肯死在家里，自知临命终了，必远行至无人处，然后辞世。故

所幸它还有三个遗孤，虽非日月眼，
而壮健活泼，足以承继血统。

此说更觉可靠。我觉得这点"猫性",颇可赞美。这有壮士风,不愿死户牖下儿女之手中,而情愿战死沙场,马革裹尸。这又有高士风,不愿病死在床上,而情愿遁迹深山,不知所终。总之,白象确已不在"猫间"了!

白象失踪的第二天,林先从上海来杭。一到,先问白象。骤闻噩耗,惊惶失色。因为她原是受了段老太太之托,此番来杭将把白象带回上海,重归旧主的。相差一天,天缘何悭!然而天实为之,谓之何哉。所幸它还有三个遗孤,虽非日月眼,而壮健活泼,足以承继血统。为防损失,特把一匹小花猫寄交我的好友家。其余两匹小白猫,常在我的身边。每逢我架起了脚看报或吃酒的时候,它们爬到我的两只脚上,一高一低,一动一静,别人看见了都要笑。我倒已经习以为常,似觉一坐下来,脚上天生成有两只小猫的。

一九四七年五月二十七日于杭州作

种兰不种艾[1]

吃过夜饭,母亲到灶间里去了,父亲和五个孩子坐在客间里休息。五个孩子的名字,是一号、二号、三号、四号、和五号。一号是十二岁的男孩。二号是十一岁的女孩。三号是十岁的男孩。四号是八岁的女孩。五号是六岁的男孩。

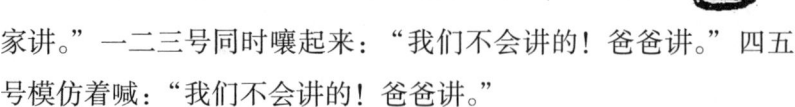

父亲点着一支香烟。四号先开口:"讲故事了!"五号喊一声:"大家听故事!"一号,二号,三号大家坐好,眼睛看着父亲。

父亲说:"今天不要我一个人讲,要大家讲。"一二三号同时嚷起来:"我们不会讲的!爸爸讲。"四五号模仿着喊:"我们不会讲的!爸爸讲。"

爸爸说:"我先讲。今天讲一首诗。"就抽开抽斗,拿出铅笔纸张来,把诗写给他们看:

---

① 本篇原载《儿童故事》1947 年 7 月第 8 期。

种兰不种艾,兰生艾亦生;
根荄相交长,茎叶相附荣。
香茎与臭叶,日夜俱长大;
锄艾恐伤兰,溉兰恐滋艾。
兰亦未能溉,艾亦未能除。
沉吟意不决,问君合何如?

一号、二号看了略略懂得;三号以下,字还没有完全识得,爸爸就替他们解说:"这是唐朝的诗人白居易做的诗。意思是说:他种兰草,并不种艾草。因为兰草是香的,而艾草是臭的。但是兰草的旁边,自己生出许多艾草来。兰草的根和艾草的根搞在一起,兰草的茎叶和艾草的茎叶也混杂了生长。香的茎和臭的叶,日日夜夜一同长大起来。他想用锄头把艾草锄去,但恐怕伤了兰草。他想用水浇兰草,又恐怕艾草得到水更长大了。于是乎,兰草也不能浇,艾草也不能除。他想来想去,决不定办法,问你应该怎么办。"

二号、四号两个孩子说:"把艾草一根一根地拔去。"爸爸说:"他们的根搞在一起,拔艾草的根,兰草的根会带起来!"一号、三号两个男孩子说:"统统拔起,另外种过兰草!"爸爸说:"连兰草也拔,很可惜,这办法不好。"五号说:"叫艾草也变成香的。"爸爸和一二三四号大家笑起来。爸爸说:"它不肯变的!"

二号这女孩子最聪明,她眼睛看着天花板,笑嘻嘻地若有所思。爸爸问:"二号想什吗?"二号说:"这首诗真好!他是比方世间的事。世间有许多事,同这一样难办。"爸爸点头说:"对啊!"一三四号大家点头,说:"对啊!"五号这六岁的男孩子想了一想,也点点头说:"对啊,对啊!"

爸爸说:"你们大家说对,现在要每人说出一件事体来,同这事一样难办的。五号先说!"五号不加思索地说:"妈妈裹的肉粽子,肉很好吃,糯米不好吃。我想只吃肉,不吃糯米,妈妈说:'不行,要吃统统吃,不要吃统统不吃。'"说到这里,五号一脸悲愤。

我要电灯,不要飞虫,有什么办法呢?

一二三四号大家笑起来。四号这女孩子笑得最多,她旋转头去低声问五号:"糯米也很好吃的呀,你为什么不要吃呢?"大家又笑起来。爸爸说:"五号讲得很好。不管糯米好不好吃,总之,这件事说得很对,正同种兰不种艾一样。这回要四号讲了。"

四号想了一想,怕难为情,不肯讲。大家催促她。她终于讲了。"我昨天对王老师说:我只要上唱歌、游戏和图画,不要上国语和算术。王老师说:'不行,要上统统上,不上统统不上,你回家去吧。'我气死了。"

大家又笑起来。二号向四号白一眼说:"你不上国语、算术,将来不能毕业,老是一个小学生。"爸爸说:"二号的话是对的。不过四号这件事,比方得也很对。四号很乖。以后用功学国语、算术,还要乖起来呢。如今要三号讲。"

三号早已预备好,眼睛看着电灯,说道:"我最喜欢电灯的光,但最不喜欢那些飞虫(注:他们的家住在西湖边,天气一热,有小虫群集,在电灯四周飞舞)。它们会撞到我眼睛里,钻进我鼻子里,又要掉在菜碗里。我关了电灯,它们都去了。我开了电灯,它们又来了。我要电灯,不要飞虫,有什么办法呢?"他接着吟起诗来:"要光不要虫,光来虫亦来——"把来字拖得很长,好像爸爸读诗的调子,引得大家大笑起来。

爸爸说:"三号说得好!如今要二号说了。二号是最会讲话的,一定说得更好!"二号不慌不忙地说了:

"我倒想起了逃难到大后方的一件事;我们为了怕警报,住在重庆乡下的荒村里的时候,房东人家养了一只凶狗,为了防强盗①。有了凶狗,果然强盗不敢来了。但是客人也不敢来了。除了房东家熟悉的常来的几个人以外,其他的生客,它一见就要咬。我们的客人都是生客,一个也不敢来看我们。弄得我们好寂寞!当时我想,最好这狗能分别强盗和客人,咬强盗不咬客人。但它不行。"三号又做诗了:"不要强盗要客人,强盗不来客人也不来。"大家笑起来。二号说:"这两句不成诗,哪有九个字一句的?"三号说:"我这是白话诗!你问爸爸,白话诗随便几个字都可以的,爸爸是吗?"

"你不要胡闹!"爸爸说:"二号讲的果然更好。如今一号最后讲了。"一号说:"我讲的也是抗战期间的事:那时我们的美国飞机到沦陷区的汉口等地方炸日本鬼。那些日本鬼很

最好这狗能分别强盗和客人,
咬强盗不咬客人。

---

① 四川人称窃贼为强盗。

调皮,和中国人住在一起。我们的美国飞机——"二号模仿一句:"我们的美国飞机。"

一号旋转头去看她说:"美国是我们的盟国!难道不好说'我们'的?"二号说:"好,好,你讲下去!"一号续说:"盟军的飞机想炸死日本鬼,就连中国人也炸死。想不炸死中国人,就连日本鬼也不炸死。"爸爸拍手说:"一号说得最好。到底是一号!"

母亲从灶间走出来了:"我一边收拾灶间,一边听你们讲故事呢。你们讲得都很好。你爸爸说一号说得顶好,我道是五号说得顶好。"她拉五号到怀里,摸他的头,说:"你要吃肉,不要吃糯米,明天我烧一大碗肉给你吃。"

盟军的飞机想炸死日本鬼,就连中国人也炸死。

过　年

我幼时不知道阳历，只知道阴历。到了十二月十五，过年的空气开始浓重起来了。我们染坊店里三个染匠司务全是绍兴人，十二月十六日要回乡。十五日，店里办一桌酒，替他们送行。这是提早举办的年酒。商店旧例，年酒席上的一只全鸡，摆法大有道理：鸡头向着谁，谁要免职。所以上菜的时候，要特别当心。但我家的店规模很小，店里三个，作场里三个人，一共只有六个人，这六个人极少有变动，所以这种顾虑极少。但母亲还是当心，上菜时关照仆人，必须把鸡头向着空位。

十六日，司务们一上去①，染缸封了，不再收货，农民们此时也要过年，不再拿布出来染了。店里不须接生意，但是要算账。整个上午，农民们来店还账，应接不暇。下午，管账先生送进一包银元来，交母亲收藏。这半个月正是收获时期，一家一店许多人的生活都从这里"开花"。有的农民不来还账，须得下乡去收。所以必须另雇两个人去收账。他们早出晚归，有时拿了鸡

---

① 按作者家乡一带习惯，凡是去浙东各地，称为"上去"。

或米回来。因为那农家付不出钱,将鸡或米来抵偿。年底往往阴雨,收账的人,拖泥带水回来,非常辛苦。所以每天的夜饭必须有酒有肉。学堂早已放年假,我空闲无事,上午总在店里帮忙,写"全收"簿子①。吃过中饭,管账先生拿全收簿子去一算,把算出来的总数同现款一对,两相符合,一天的工作便完成了。

从腊月二十日起,每天吃夜饭时光,街上叫"火烛小心"。一个人"砰砰"地敲着竹筒,口中高叫:"寒天腊月!火烛小心!柴间灰堆!灶前灶后!前门闩闩!后门关关!……"这声调有些凄惨。大家提高警惕。我家的贴邻是王囡囡豆腐店,豆腐店日夜烧砻糠,火烛更为可怕。然而大家都说不怕,因为明朝时刘伯温曾在这一带地方造一条石门槛,保证这石门槛以内永无火灾。

廿三日晚上送灶,灶君菩萨每年上天约一星期,廿三夜上去,大年夜回来。这菩萨据说是天神派下来监视人家的,每家一个。大约就像政府委任官吏一般,不过人数(神数)更多。他们高踞在人家的灶山上,嗅取饭菜的香气。每逢初一、月半,必须点起香烛来拜他。廿三这一天,家家烧赤豆糯米饭,先盛一大碗供在灶君面前,然后全家来吃。吃过之后,黄昏时分,父亲穿了大礼服来灶前膜拜,跟着,我们大家跪拜。拜过之后,将灶君的神像从灶山上请下来,放进一顶灶轿里。这灶轿是白天从市上买来的,用红绿纸张糊成,两旁贴着一副对联,上写"上天奏善事,下界保平安"。我们拿些冬青柏子,插在灶轿两旁,再拿一串纸做的金元宝挂在轿上;又拿一点糖塌饼来,粘在灶君菩萨的嘴上。这样一来,他上去见了天神,粘嘴粘舌的,说话不清楚,

---

① 年底收账,账收回后,记在"全收"簿子上,表示已不欠账。

免得把人家的恶事全盘说出。于是父亲恭恭敬敬地捧了灶轿，捧到大门外去烧化。烧化时必须抢出一只纸元宝，拿进来藏在橱里，预祝明年有真金元宝进门之意。送灶君上天之后，陈妈妈就烧菜给父亲下酒，说这酒菜味道一定很好，因为没有灶君先吸取其香气。父亲也笑着称赞酒菜好吃。我现在回想，他是假痴假呆、逢场作乐。因为他中了这末代举人，科举就废，不得伸展，蜗居在这穷乡僻壤的蓬门败屋中，无以自慰，唯有利用年中行事，聊资消遣，亦"四时佳兴与人同"之意耳。

廿三送灶之后，家中就忙着打年糕。这糯米年糕又大又韧，自己不会打，必须请一个男工来帮忙。这男工大都是陆阿二，又名五阿二。因为他姓陆，而他的父亲行五。两枕"当家年糕"，约有三尺长；此外许多较小的年糕，有二尺长的，有一尺长的；还有红糖年糕，白糖年糕。此外是元宝、百合、桔子等种种小摆设，这些都由母亲和姐姐们去做。我也洗了手去参加，但总做不好，结果是自己吃了。姐姐们又做许多小年糕，形式仿照大年糕，是预备廿七夜过年时拜小年菩萨用的。

廿七夜过年，是个盛典。白天忙着烧祭品：猪头、全鸡、大鱼、大肉，都是装大盘子的。吃过夜饭之后，把两张八仙桌接起来，上面供设"六神牌"，前面围着大红桌围，摆着巨大的锡制的香炉蜡台。桌上供着许多祭品，两旁围着年糕。我们这厅屋是三家公用的，我家居中，右边是五叔家，左边是嘉林哥家，三家同时祭起年菩萨来，屋子里灯火辉煌，香烟缭绕，气象好不繁华！三家比较起来，我家的供桌最为体面。何况我们还有小年菩萨，即在大桌旁边设两张茶几，也是接长的，也供一位小菩萨像，用小香炉蜡台，设小盆祭品，竟像是小人国里的过年。记得那时我所欣赏的,是"六神牌"和祭品盘上的红纸盖。这六神牌画得非常精美,一共六版,每版上面好几个菩萨,佛、观音、玉皇大帝、孔子、文昌帝君、魁星……都包括在内。平时折好了供在堂前,不许打开来看,这时候才展览了。祭品盘上的红纸盖,都是我的姑母剪的,"福禄寿喜""一品当朝""平升三级"等字,都剪出来,巧妙地嵌在里头。我那时只七八岁,就喜爱这些东西,这说明我对美术有缘。

绝大多数人家廿七夜过年。所以这晚上商店都开门,直到后半夜送神后才关门。我们约伴出门散步,买花炮。花炮种类繁多,我们所买的,不是两响头的炮仗和噼噼啪啪的鞭炮,而是雪炮、流星、金转银盘、水老鼠、万花筒等好看的花炮。其中万花筒最好看,然而价贵不易多得。买回去在天井里放,大可增加过年的喜气。我把一串鞭炮拆散来,一个一个地放。点着了火立刻拿一个罐头来罩住,"咚"的一声,连罐头也跳起来。我起初不敢拿在手里放。后来经乐生哥哥(关于此人另有专文)教导,竟胆敢拿在手里放了。两指轻轻捏住鞭炮的末端,一点上火,立刻把头旋向后面。渐渐老练了,即行若无事。

正在放花炮的时候,隔壁谭三姑娘……送万花筒来了。这谭三姑娘的丈夫谭福山,是开炮仗店的。年年过年,总是特制了万花筒来分送邻居,以供新年添兴之用。此时谭三姑娘打扮得花枝招展,声音好比莺啼燕语。厅堂里的空气忽然波动起来。如果真有年菩萨在尚飨,此时恐怕都"停杯投箸不能食"了。

夜半时分,父亲在旁边的半桌上饮酒,我们陪着他吃饭。直到后半夜,方才送神。我带着欢乐的疲倦躺在床上,钻进被窝里,蒙眬之中听见远近各处炮竹之声不绝,想见这时候石门湾的天空中,定有无数年菩萨餍足了酒肉,腾空驾雾归天去了。

"廿七、廿八活急杀,廿九、三十勿有拉①,初一、初二扮赌客,你没铜钱我有拉②。"这是石门湾人形容某些债户的歌。年中拖欠的债,年底要来讨,所以到了廿七、廿八,便活急杀。到了廿九、三十,有的人逃往别处去避债,故曰勿有拉。但是有些人有钱不肯还债,要留着新年里自用。一到元旦,照例不准讨债,他便好公然地扮赌客,而且慷慨得很了。我家没有这种情形,但是总有人来借掇,也很受累。况且家事也忙得很:要掸灰尘,要祭祖宗,要送年礼。倘是月小,更加忙迫了。

年底这一天,是准备通夜不眠的。店里早已摆出风灯,插上岁烛。吃年夜饭时,把所有的碗筷都拿出来,预祝来年人丁兴旺。吃饭碗数,不可成单,必须成双。如果吃三碗,必须再盛一次,哪怕盛一点点也好,总之要凑成双数。吃饭时母亲分送压岁钱,我得的记得是四角,用红纸包好。我全部用以买花炮。吃过年夜饭,还有一出滑稽戏呢。这叫作"毛糙纸揩洼"。"洼"就是屁股。一个人拿一张糙纸,把另一人的嘴揩一揩。意思是说:你这嘴巴是屁股,你过去一年中所说的不祥的话,例如"要死"之类,都等于放屁。但是人都不愿被揩,尽量逃避。然而揩的人很调皮,出其不意,突如其来,哪怕你是极小心的人,也总会被揩。有时其人出前门去了。大家就不提防他。岂知他绕个圈子,悄悄地从后门进来,终于被揩了去。此时笑声、喊声充满了一堂。过年的欢乐空气更加浓重了。

---

① 勿有拉,作者家乡话,意即:不在这儿,不在家。
② 我有拉,作者家乡话,意即:我这儿有。

于是陈妈妈烧起火来放"泼留"。把糯米谷放进热镬子里,一只手用铲刀①搅拌,一只手用箬帽遮盖。那些糯谷受到热度,爆裂开来,若非用箬帽遮盖,势必纷纷落地,所以必须遮盖。放好之后,拿出来堆在桌子上,叫大家"拣泼留"。"泼留"两字应该怎样写,我实在想不出,这里不过照声音记录罢了。拣泼留,就是把砻糠拣出,剩下纯粹的泼留,新年里客人来拜年,请他吃糖汤,放些泼留。我们小孩子也参加拣泼留,但是一面拣,一面吃。一粒糯米放成蚕豆大,像朵梅花,又香又热,滋味实在好极了。

黄昏,渐渐有人提了灯笼来收账了。我们就忙着"吃串",听来好像是"吃菜"。其实是把每一百铜钱的串头绳解下来,取出其中三四文,只剩九十六七文,或甚至九十二三文,当作一百文去还账。吃下来的"串",归我们姐弟们作零用。我们用这些钱还账,但我们收来的账,也是吃过串的钱。店员经验丰富,一看就知道这是"九五串",那是"九二串"的。你以伪来,我以伪去,大家不计较了。这里还得表明:那时没有钞票,只有银洋、铜板和铜钱。银洋一元等于三百个铜板,一个铜板等于十个铜钱。我那时母亲给我的零用钱,是每天一个铜板即十文铜钱。我用五文买一包花生,两文买两块油沸豆腐干,还有三文随意花用。

街上提着灯笼讨账的,络绎不绝。直到天色将晓,还有人提着灯笼急急忙忙地跑来跑去。这只灯笼是千万少不得的。提灯笼,表示还是大年夜,可以讨债;如果不提灯笼,那就是新年元

---

① 铲刀,指锅铲。

旦,若讨,欠债的可以打你几记耳光,要你保他三年顺境。因为大年初一讨债是禁忌的。但这时候我家早已结账,关店,正在点起了香烛迎接灶君菩萨。此时通行吃接灶圆子。管账先生一面吃圆子,一面向我母亲报告账务。说到盈余,笑容满面。母亲照例额外送他十只银角子,给他"新年里吃青果茶"。他告别回去,我们也收拾,睡觉。但是睡不到二个钟头,又得起来,拜年的乡下客人已经来了。

年初一上午忙着招待拜年客人。街上挤满了穿新衣服的农民,男女老幼,熙熙攘攘。吃烧卖、上酒馆、买花纸(即年画)、看戏法,到处拥挤,而最热闹的是赌摊。原来从初一到初四,这四天是不禁赌的。掷骰子、推牌九,还有打宝,一堆一堆的人,个个兴致勃勃,连警察也参加在内。下午,农民大都进去了,街上较清,但赌摊还是闹热,有的通夜不收。

初二开始,镇上的亲友来往拜年。我父亲戴着红缨帽子,穿着外套,带着跟班出门。同时也有穿礼服的到我家拜年。如果不遇,留下一张红片子。父亲死后,母亲叫我也穿着礼服去拜年。我实在很不高兴。因为一个十一二岁的孩子穿大礼服上街,大家注目,有讥笑的、也有叹羡的,叫我非常难受。现在回想,母亲也是一片苦心。她不管科举已废,还希望我将来也中个举人,重振家声,所以把我如此打扮,聊以慰情。

正月初四,是新年最大的一个节日,因为这天晚上接财神。别的行事,如送灶、过年等,排场大小不定,有简单的、有丰盛的,都按家之有无。独有接财神,家家郑重其事,而且越是贫寒之家,排场越是体面。大约他们想:敬神丰盛,可以邀得神的恩宠,今后让他们发财。

接财神的形式，大致和过年相似，两张桌子接长来，供设六神牌，外加财神像，点起大红烛。但不先行礼，先由父亲穿了大礼服，拿了一股香，到下西弄的财神堂前行礼，三跪九叩，然后拿了香回来，插在香炉中，算是接得财神回来了。于是大家行礼。这晚上金吾放夜，市中各店通夜开门，大家接财神。所以要买东西，哪怕后半夜，也可以买得。父亲这晚上兴致特别好，饮酒过半，叫把谭三姑娘送的大万花筒放起来。这万花筒果然很大，每个共有三套。一枝火树银花低了，就有另一枝继续升起来，凡三次。谭福山做得真巧……我们放大万花筒时，为要尽量增大它的利用率，邀请所有的邻居都出来看。作者谭福山也被邀在内。大家闻得这大万花筒是他作的，都向他看。……

初五以后，过年的事基本结束。但是拜年，吃年酒，酬谢往还，也很热闹。厨房里年菜很多，客人来了，搬出就是。但是到了正月半，也差不多吃完了。所以有一句话："拜年拜到正月半，烂溏鸡屎炒青菜。"我的父亲不爱吃肉，喜欢吃素，我们都看他样。所以我们家里，大年夜就烧好一大缸萝卜丝油豆腐，油很重，滋味很好。每餐盛出一碗来，放在锅子里一热，便是最好的饭菜。我至今还是忘不了这种好滋味。但叫家里人照烧起来，总不及童年时的好吃，怪哉！

正月十五，在古代是一个元宵佳节，然而赛灯之事，久已废止，只有市上卖些兔子灯、蝴蝶灯等，聊以应名而已。二十日，染匠司务下来①，各店照常开门做生意，学堂也开学。过年的笔记也就全部结束。

---

① 按作者家乡一带习惯，从浙东来到浙西，称为"下来"。

第四辑

人之有情

剪　网[1]

大娘舅[2]白相了"大世界"[3] 回来。把两包良乡栗子在桌子上一放,躺在藤椅子里,脸上现出欢乐的疲倦,摇摇头说:

"上海地方白相真开心!京戏、新戏、影戏、大鼓、说书、变戏法,什么都有;吃茶、吃酒、吃菜、吃点心,由你自选;还有电梯、飞船、飞轮、跑冰……老虎、狮子、孔雀、大蛇……真是无奇不有!唉,白相真开心,但是一想起铜钱就不开心。上海地方用铜钱真容易!倘然白相不要铜钱,哈哈哈哈……"

我也陪他"哈哈哈哈……"

大娘舅的话真有道理!"白相真开心,但是一想起铜钱就不开心",这种情形我也常常经验。我每逢坐船、乘车、买物,不想起钱的时候总觉得人生很有意义,对于制造者的工人与提供者的商人很可感谢。但是一想起钱的一种交换条件,就减杀了一大半的趣味。教书也是如此:同一班青年或儿童一起研究,为一班

---

[1] 本篇原载《一般》杂志1928年1月第4卷第1号。
[2] 大娘舅,指作者之妻徐力民之大哥,这里是按照儿女们的称呼。
[3] "大世界",当时上海一个著名游乐场。

青年或儿童讲一点学问,何等有意义,何等欢喜!但是听到命令式的上课铃与下课铃,做到军队式的"点名",想到商贾式的"薪水",精神就不快起来,对于"上课"一事就厌恶起来。这与大娘舅的白相大世界情形完全相同。所以我佩服大娘舅的话有道理,陪他一个"哈哈哈哈……"

原来"价钱"的一种东西,容易使人限制又减小事物的意义。譬如像大娘舅所说:"共和厅里的一壶茶要两角钱,看一看狮子要二十个铜板。"规定了事物的代价,这事物的意义就被限制,似乎吃共和厅里的一壶茶等于吃两只角子,看狮子不外乎是看二十个铜板了。然而实际共和厅里的茶对于饮者的我,与狮子对于看者的我,趣味绝不止这样简单。所以倘用估价钱的眼光来看事物,所见的世间就只有钱一种东西,而更无别的意义,于是一切事物的意义就被减小了。"价钱",就是使事物与钱发生关系。可知世间其他一切的"关系",都是足以妨碍事物的本身的存在的真意义的。故我们倘要认识事物的本身的存在的真意义,就非撤去其对于世间的一切关系不可。

大娘舅一定能够常常不想起铜钱而白相大世界,所以能这样开心而赞美。然而他只是撤去"价钱"的一种关系而已。倘能常常不想起世间一切的关系而在这世界里做人,其一生一定更多欢慰。对于世间的麦浪,不要想起是面包的原料;对于盘中的橘子,不要想起是解渴的水果;对于路上的乞丐,不要想起是讨钱的穷人;对于目前的风景,不要想起是某镇某村的郊野。倘能有这种看法,其人在世间就像大娘舅白相大世界一样,能常常开心而赞美了。

我仿佛看见这世间有一个极大而极复杂的网,大大小小的一切事物，都被牢结在这网中，所以我想把握某一种事物的时候，总要牵动无数的线，带出无数的别的事物来，使得本物不能孤独地明晰地显现在我的眼前，因之永远不能看见世界的真相，大娘舅在大世界里，只将其与"钱"相结的一根线剪断，已能得到满足而归来。所以我想找一把快剪刀，把这个网尽行剪破，然后来认识这世界的真相。

艺术，宗教，就是我想找求来剪破这"世网"的剪刀吧！

丁卯年（1927年）十月

华瞻的日记[①]

一

隔壁二十三号里的郑德菱,这人真好!今天妈妈抱我到门口,我看见她在水门汀上骑竹马。她对我一笑,我分明看出这一笑是叫我去一同骑竹马的意思。我立刻还她一笑,表示我极愿意,就从母亲怀里走下来,和她一同骑竹马了。两人同骑一枝竹马,我想转弯了,她也同意;我想走远一点,她也欢喜;她说让马儿吃点草,我也高兴;她说把马儿系在冬青上,我也觉得有理。我们真是同志和朋友!兴味正好的时候,妈妈出来拉住我的手,叫我去吃饭。我说:"不高兴。"妈妈说:"郑德菱也要去吃饭了!"果然郑德菱的哥哥叫着"德菱!"也走出来拉住郑德菱的手去了。我只得跟了妈妈进去。当我们将走进各自的门口的时候,她回头向我,一看,我也回头向她一看,各自进去,不

[①] 本篇原载《小说月报》1927 年 6 月 10 日第 18 卷第 6 号。

见了。

　　我实在无心吃饭。我晓得她一定也无心吃饭。不然，何以分别的时候她不对我笑，而且脸上很不高兴呢？我同她在一块，真是说不出的有趣。吃饭何必急急？即使要吃，尽可在空的时候吃。其实照我想来，像我们这样的同志，天天在一块吃饭，在一块睡觉，多好呢？何必分作两家？即使要分作两家，反正爸爸同郑德菱的爸爸很要好，妈妈也同郑德菱的妈妈常常谈笑，尽可你们大人作一块，我们小孩子作一块，不更好吗？

　　这"家"的分配法，不知是谁定的，真是无理之极了。想来总是大人们弄出来的。大人们的无理，近来我常常感到，不止这一端：那一天爸爸同我到先施公司去，我看见地上放着许多小汽车、小脚踏车，这分明是我们小孩子用的；但是爸爸一定不肯给我拿一部回家，让它许多空摆在那里。回来的时候，我看见许多汽车停在路旁；我要坐，爸爸一定不给我坐，让它们空停在路旁。又有一次，娘姨抱我到街里去，一个掮着许多小花篮的老太婆，口中吹着笛子，手里拿着一只小花篮，向我看，把手中的花篮递给我；然而娘姨一定不要，急忙抱我走开去。这种小花篮，原是小孩子玩的，况且那老太婆明明表示愿意给我，娘姨何以一定叫我不要接呢？娘姨也无理，这大概是爸爸教她的。

　　我最欢喜郑德菱。她同我站在地上一样高，走路也一样快，心情志趣都完全投合。宝姐姐或郑德菱的哥哥，有些不近情的态度，我看他们不懂。大概是他们身体长大，稍近于大人，所以心情也稍像大人的无理了。宝姐姐常常要说我"痴"。我对爸爸说，要天不下雨，好让郑德菱出来，宝姐姐就用指点着我，说："瞻瞻痴！"怎么叫"痴"？你每天不来同我玩耍，夹了书包到学校里去,难道不是"痴"吗?爸爸整天坐在桌子前,在文章格子上一格一格地填字,难道不是"痴"吗?天下雨,不能出去玩,不是讨厌的吗?我要天不要下雨,正是近情合理的要求。我每天晚快听见你要爸爸开电灯,爸爸给你开了,满房间就明亮;现在我也要爸爸叫天不下雨,爸爸给我做了,晴天岂不也爽快呢?你何以说我"痴"?郑德菱的哥哥虽然没有说我什么,然而我总讨厌他。我们玩耍的时候,他常常板起脸,来拉郑德菱,说"赤了脚到人家家里,不怕难为情!"又说"吃人家的面包,不怕难为情!"立刻拉了她去。"难为情"是大人们惯说的话,大人们常常不怕厌气,端坐在椅子里,点头,弯腰,说什么"请,请""对不起""难为情"一类的无聊的话。他们都有点像大人了!

啊!我很少知己!我很寂寞!母亲常常说我"会哭",我哪得不哭呢?

二

今天我看见一种奇怪的现状:

吃过糖粥,妈妈抱我走到吃饭间里的时候,我看见爸爸身上披一块大白布,垂头丧气地朝外坐在椅子上,一个穿黑长衫的麻脸的陌生人,拿一把闪亮的小刀,竟在爸爸后头颈里用劲地割。啊哟!这是何等奇怪的现状!大人们的所为,真是越看越稀奇了!爸爸何以甘心被这麻脸的陌生人割呢?痛不痛呢?

更可怪的,妈妈抱我走到吃饭间里的时候,她明明也看见这爸爸被割的骇人的现状。然而她竟毫不介意,同没有看见一样。宝姐姐夹了书包从天井里走进来,我想她见了一定要哭。谁知她只叫一声"爸爸",向那可怕的麻子一看,就全不经意地到房间里去挂书包了。前天爸爸自己把手指割开了,他不是大叫"妈妈",立刻去拿棉花和纱布来吗?今天这可怕的麻子咬紧了牙齿割爸爸的头,何以妈妈和宝姐姐都不管呢?我真不解了。可恶的,是那麻子。他耳朵上还夹着一支香烟,同爸爸夹铅笔一样。他一定是没有铅笔的人,一定是坏人。

后来爸爸挺起眼睛叫我:"华瞻,你也来剃头,好否?"

爸爸叫过之后,那麻子就抬起头来,向我一看,露出一颗闪亮的金牙齿来。我不懂爸爸的话是什么意思,我真怕极了。我忍不住抱住妈妈的项颈哭了。这时候妈妈、爸爸和那个麻子说了许多话,我都听不清楚,又不懂。只听见"剃头""剃头",不知是什么意思。我哭了,妈妈就抱我由天井里走出门外。走到门边的时候,我偷眼向里边一望,从窗缝窥见那麻子又咬紧牙齿,在割爸爸的耳朵了。

门外有学生在抛球,有兵在体操,有火车开过。妈妈叫我不要哭,叫我看火车。我悬念着门内的怪事,没心情去看风景,只是靠在妈妈的肩上。

我恨那麻子,这一定不是好人。我想对妈妈说,拿棒去打他。然而我终于不说。因为据我的经验,大人们的意见往往与我相左。他们往往不讲道理,硬要我吃最不好吃的"药",硬要我做最难当的"洗脸",或坚不许我弄最有趣的水、最好看的火。今天的怪事,他们对之都漠然,意见一定又是与我相左的。我若提议去打,一定不被赞成。横竖拗不过他们,算了吧。我只有哭!最可怪的,平常同情于我的弄水弄火的宝姐姐,今天也跳出门来笑我,跟了妈妈说我"痴子"。我只有独自哭!有谁同情于我的哭呢?

　　到妈妈抱了我回来的时候，我才仰起头，预备再看一看，这怪事怎么样了？那可恶的麻子还在否？谁知一跨进墙门槛，就听见"拍、拍"的声音。走进吃饭间，我看见那麻子正用拳头打爸爸的背。"拍、拍"的声音，正是打的声音。可见他一定是用力打的，爸爸一定很痛。然而爸爸何以任他打呢？妈妈何以又不管呢？我又哭。妈妈急急地抱我到房间里，对娘姨讲些话，两人都笑起来，都对我讲了许多话。然而我还听见隔壁打人的"拍、拍"的声音，无心去听她们的话。

　　爸爸不是说过"打人是最不好的事"吗？那一天软软不肯给我香烟牌子，我打了她一掌，爸爸曾经骂我，说我不好；还有那一天我打碎了寒暑表，妈妈打了我一下屁股，爸爸立刻抱我，对妈妈说"打不行"。何以今天那麻子在打爸爸，大家不管呢？我继续哭，我在妈妈的怀里睡去了。

　　我醒来，看见爸爸坐在披雅娜（钢琴）旁边，似乎无伤，耳朵也没有割去，不过头很光白，像和尚了。我见了爸爸，立刻想起了睡前的怪事，然而他们——爸爸、妈妈等——仍是毫不介意，绝不谈起。我一回想，心中非常恐怖又疑惑。明明是爸爸被割项颈，割耳朵，又被用拳头打，大家却置之不问，任我一个人恐怖又疑惑。唉！有谁同情于我的恐怖？有谁为我解释这疑惑呢？

一九二七年初夏

有情世界

阿　难[①]

往年我妻曾经遭逢小产的苦难。在半夜里，六寸长的小孩辞了母体而默默地出世了。医生把他裹在纱布里，托出来给我看，说着：

"很端正的一个男孩！指爪都已完全了，可惜来得早了一点！"我正在惊奇地从医生手里窥看的时候，这块肉忽然动起来，胸部一跳，四肢同时一撑，宛如垂死的青蛙的挣扎。我与医生大家吃惊，屏息守视了良久，这块肉不再跳动，后来渐渐发冷了。

唉！这不是一块肉，这是一个生灵，一个人。他是我的一个儿子，我要给他起名字：因为在前有阿宝、阿先、阿瞻，又他母亲为他而受难，故名曰"阿难"。阿难的尸体给医生拿去装在防腐剂的玻璃瓶中；阿难的一跳印在我的心头。

阿难！一跳是你的一生！你的一生何其草草？你的寿命何其短促？我与你的父子的情缘何其浅薄呢？

然而这等都是我的妄念。我比起你来，没有什么大差异。数

---

① 本篇原载《小说月报》1927年11月10日第18卷第11号。

千万光年中的七尺之躯,与无穷的浩劫中的数十年,叫做"人生"。自有生以来,这"人生"已被反复了数千万遍,都像昙花泡影地倏现倏灭,现在轮到我在反复了。所以我即使活了百岁,在浩劫中,与你的一跳没有什么差异。今我嗟伤你的短命,真是九十九步的笑百步!

阿难!我不再为你嗟伤,我反要赞美你的一生的天真与明慧。原来这个我,早已不是真的我了。人类所造作的世间的种种现象,迷塞了我的心眼,隐蔽了我的本性,使我对于扰攘奔逐的地球上的生活,渐渐习惯,视为人生的当然而恬不为怪。实则坠地时的我的本性,已经斫丧无余了。《西青散记》里史震林的《自序》中有这样的话:

"余初生时,怖夫天之乍明乍暗,家人曰:昼夜也。怪夫人之乍有乍无,曰:生死也。教余别星,曰:孰箕斗;别禽,曰:孰乌鹊,识所始也。生以长,乍暗乍明乍有乍无者,渐不为异。间于纷纷混混之时,自提其神于太虚而俯之,觉明暗有无之乍乍者,微可悲也。"

我读到这一段,非常感动,为之掩卷悲伤,仰天太息。以前我常常赞美你的宝姐姐与瞻哥哥,说他们的儿童生活何等的天真,自然,他们的心眼何等的清白、明净,为我所万不敢望。然而他们哪里比得上你?他们的视你,亦犹我的视他们。他们的生活虽说天真、自然,他们的眼虽说清白、明净;然他们终究已经有了这世间的知识,受了这世界的种种诱惑,染了这世间的色彩,一层薄薄的雾障已经笼罩了他们的天真与明净了。你的一生完全不着这世间的尘埃。你是完全的天真、自然、清白、明净的生命。世间的人，本来都有像你那样的天真明净的生命，一入人世，便如入了乱梦，得了狂疾，颠倒迷离，直到困顿疲毙，始仓皇地逃回生命的故乡。这是何等昏昧的痴态！你的一生只有一跳，你在一秒间干净地了结你在人世间的一生，你坠地立刻解脱。正在中风狂走的我，更何敢企望你的天真与明慧呢？

我以前看了你的宝姐姐、瞻哥哥的天真烂漫的儿童生活，惋惜他们的黄金时代的将逝，常常做这样的异想："小孩子长到十岁左右无病地自己死去，岂不完成了极有意义与价值的一生呢？"但现在想想，所谓"儿童的天国""儿童的乐园"，其实贫乏而低小得很，只值得颠倒困疲的浮世苦者的艳羡而已，又何足挂齿？像你的以一跳了生死，绝不撄浮生之苦，不更好吗？在浩劫中，人生原只是一跳。我在你的一跳中，瞥见一切的人生了。

然而这仍是我的妄念。宇宙间人的生灭，犹如大海中的波涛的起伏。大波小波，无非海的变幻，无不归元于海，世间一切现象，皆是宇宙的大生命的显示。阿难！你我的情缘并不淡薄，你就是我，我就是你，无所谓你我了！

一九二七年九月十七日

癞六伯

癞六伯,是离石门湾五六里的六塔村里的一个农民。这六塔村很小,一共不过十几份人家,癞六伯是其中之一。我童年时候,看见他约有五十多岁,身材瘦小,头上有许多癞疮疤。因此人都叫他癞六伯。此人姓甚名谁,一向不传,也没有人去请教他。只知道他家中只有他一人,并无家属。既然称为"六伯",他上面一定还有五个兄或姐,但也一向不传。总之,癞六伯是孑然一身。

癞六伯孑然一身,自耕自食,自得其乐。他每日早上挽了一只篮步行上街,走到木场桥边,先到我家找奶奶,即我母亲。"奶奶,这几个鸡蛋是新鲜的,两支笋今天早上才掘起来,也很新鲜。"我母亲很欢迎他的东西,因为的确都很新鲜。但他不肯讨价,总说"随你给吧"。我母亲为难,叫店里的人代为定价。店里人说多少,癞六伯无不同意。但我母亲总是多给些,不肯欺负这老实人。于是癞六伯道谢而去。他先到街上"做生意",即卖东西。大约九点多钟,他就坐在对河的汤裕和酒店门前的饭桌上吃酒了。这汤裕和是一家酱园,但兼卖热酒。门前搭着一个大凉棚,凉棚底下,靠河口,设着好几张板桌。癫六伯就占据了一张,从容不迫地吃时酒。时酒,是一种白色的米酒,酒力不大,不过二十度,远非烧酒可比,价钱也很便宜,但颇能醉人。因为做酒的时候,酒缸底上用砒霜画一个"十"字,酒中含有极少量的砒霜。砒霜少量原是无害而有益的,它能养筋活血,使酒力遍达全身,因此这时酒颇能醉人,但也醒得很快,喝过之后一两个钟头,酒便完全醒了。农民大都爱吃时酒,就为了它价钱便宜,醉得很透,醒得很快。农民都要工作,长醉是不相宜的。我也爱吃这种酒,后来客居杭州上海,常常从故乡买时酒来喝。因为我要写作,宜饮此酒。李太白"但愿长醉不愿醒",我不愿。

且说癫六伯喝时酒,喝到饱和程度,还了酒钱,提着篮子起身回家了。此时他头上的癫疮疤变成通红,走步有些摇摇晃晃。走到桥上,便开始骂人了。他站在桥顶上,指手划脚地骂:"皇帝万万岁,小人日日醉!""你老子不怕!""你算有钱?千年田地八百主!""你老子一条裤子一根绳,皇帝看见让三分!"骂的内容大概就是这些,反复地骂到十来分钟。旁人久已看惯,不当一回事。癫六伯在桥上骂人,似乎是一种自然现象,仿佛鸡啼之类。我母亲听见了,就对陈妈妈说:"好烧饭了,癫六伯骂过了。"时间大约在十点钟光景,很准确的。

有一次,我到南沈浜①亲戚家做客。下午出去散步,走过一片小桥,一只狗声势汹汹地赶过来。我大吃一惊,想拾石子来抵抗,忽然一个人从屋后走出来,把狗赶走了。一看,这人正是癫六伯,这里原来是六塔村了。这屋子便是癫六伯的家。他邀我进

---

① 南沈浜,亦作南深浜、南圣浜。

去坐,一面告诉我:"这狗不怕。叫狗勿咬,咬狗勿叫。"我走进他家,看见环堵萧然,一床、一桌、两条板凳、一只行灶之外,别无长物。墙上有一个搁板,堆着许多东西,碗盏、茶壶、罐头,连衣服也堆在那里。他要在行灶上烧茶给我吃,我阻止了。他就向搁板上的罐头里摸出一把花生来请我吃:"乡下地方没有好东西,这花生是自己种的,燥倒还燥。"我看见墙上贴着几张花纸,即新年里买来的年画,有《马浪荡》《大闹天宫》《水没金山》等,倒很好看。他就开开后门来给我欣赏他的竹园。这里有许多枝竹,一群鸡,还种着些菜。我现在回想,癞六伯自耕自食,自得其乐,很可羡慕。但他毕竟孑然一身,孤苦伶仃,不免身世之感。他的喝酒骂人,大约是泄愤的一种方法吧。

不久,亲戚家的五阿爹来找我了。癞六伯又抓一把花生来塞在我的袋里。我道谢告别,癞六伯送我过桥,喊走那只狗。他目送我回南沈浜。我去得很远了,他还在喊:"小阿官[①]!明天再来玩!"

[①] 小阿官,作者家乡一带对小主人的称呼。

乐 生

乐生是我的远房堂兄。他的父亲叫亚卿,我们叫他亚卿三大伯,或麻子三大伯。亚卿曾在我们的染店里当管账,乐生就在店里当学徒。因此我和乐生很熟悉,下午店里空了,乐生就陪我玩。

乐生的玩法,异想天开,与众不同,还带些恶毒性,但实际上并不怎么危害人。我对他有些向往,就因为爱好这种恶毒性。例如:他看到一条百脚①,诱它出来,用剪刀把它的两只钳剪去。百脚是以钳为武器的,如今被剪去了,就如缴了械,解除了武装,不可怕了。乐生便把它藏在衣袖里,任他在身上爬来爬去。他突然把百脚丢在别人身上,那人吓了一大跳。有几个小孩,竟被他吓得大哭。有一次,我母亲出来,在店门口坐坐。乐生乘其不备,把这条百脚放在她肩上了。我母亲见了,大吃一惊,乐生立刻走过去把百脚捉了,藏入袋里,使得我母亲又吃一惊。又有一次,他向他的父亲麻子三大伯讨零用钱,他父亲不给。他便拿

---

① 百脚,即蜈蚣。

出百脚来，丢在他臂上。麻子三大伯吓了一跳，连忙用手来掸，岂知那百脚落在他背脊上了，没有离身。他向门角落里拿起一根门闩，要打乐生。乐生在前面逃，他背着百脚拿着门闩在后面追，街上的人大笑。乐生转一个弯，不见了，麻子三大伯背着百脚拿着门闩站着喘气。有人替他掸脱了百脚。一只鸡看见了，跑过来啄了两三口，把百脚全部吞下去了。这鸡照旧仰起了头踱来踱去，若无其事。可知鸡的胃消化力很强。这百脚已无钳无毒。倘是有钳有毒的，它照样会消化，把毒当作营养品。记得我的大姐扎珠花，嫌珠子不圆，把它灌进鸡嘴巴里。过一会，把鸡杀了，取出珠子来，已浑圆了。可见其消化力之强。闲话少讲。

乐生对于百脚，特别感到兴趣。上述的办法玩腻之后，他又另想办法。把一根竹，两头削尖，弯成弓形，钉住百脚的头和尾，两手一放，百脚就成了弓弦。这叫做百脚弓。他把百脚弓挂在墙上，到第三日，那百脚还不曾死，脚还在抖动。所以说：百足之虫，死而不僵。但这办法太残忍了。百脚原是害虫，应该杀死。但何必用这等残酷的刑罚呢。但这是我现在的想法，当时我也木知木觉。且说百脚干燥之后，居然非常坚韧，可作弓弦，用竹签子射箭，见者无不惊叹乐生这种杰作。

乐生另有一种杰作，实在恶毒得可以。有一天晚上，我同他两人在店堂里，他悄悄地拿出一包头发来，不知是从哪里弄来的，用剪刀剪得很细，像黑粉末。我问他做什么用，他说你明天自会知道。到了明天下午，店里空了，隔壁的道士先生顾芷塘来坐在店门口，和人谈闲天。乐生乘其不备，拿一把头发粉末来撒在他的后头骨下面的项颈里了。这顾芷塘的项颈生得很长，人们说他是吹笙的，笙是吸的，便把项颈吸得很长了。因为项颈长，所以衣领后头很宽，可容许多头发粉末。顾芷塘起先不觉得什么，后来觉得痒了，伸手去搔，越搔越痒。那些头发粉末落下去，粘在背脊上，顾芷塘只得撩起衣服来，弯进手臂去搔。同时自言自语："背脊上痒得很，难道生虱子了？我家没有虱子的呀。"终于痒得熬不住，便回家去换衣裳了。

管账先生何昌熙也着过这道儿。何昌熙坐在账桌边写账，乐生假作用鸡毛帚掸灰尘，把一把头发粉末撒在他项颈里了。何昌熙是个大块头，一时木知木觉，后来牵动衣裳，越牵越痒，嘴里不住地骂人。乐生和我却在暗笑。丫头红英吃过不少次数。因为红英常常坐在店门口阶沿上剖鱼或洗衣服，乐生凭在柜台上，居高临下，撒下去正好落在项颈里。此外，乐生拿了这包宝贝上街去，谁吃他亏，不得而知了。这些都是顽皮孩子的恶作剧，算不得作恶为非，但他还有招摇撞骗行径呢。

上午，街上正闹的时候，乐生拿了一碗水在人丛中走。看到一个比较阔绰的人，有意去碰他一下，那碗水倒翻在地上了。乐生惊喊起来："啊呀！我这两角洋钱烧酒被你碰翻了！奈末①我的爷要打杀我了！要你赔！要你赔！"他竟哭出眼泪来了。那人没奈何，只得赔他两角洋钱。

乐生早死。他的儿子叫舜华，听说在肉店经商，现在不知怎样，几十年没消息了。

---

① 奈末，江南一带方言，意即这下子。

儿 女[①]

回想四个月以前,我犹似押送囚犯,突然地把小燕子似的一群儿女从上海的租寓中拖出,载上火车,送回乡间,关进低小的平屋中。自己仍回到上海的租界中,独居了四个月。这举动究竟出于什么旨意,本于什么计划,现在回想起来,连自己也不相信。其实旨意与计划,都是虚空的,自骗自扰的,实际于人生有什么利益呢?只赢得世故尘劳,做弄几番欢愁的感情,增加心头的创痕罢了!

当时我独自回到上海,走进空寂的租寓,心中不绝地浮起这两句《楞严》经文:"十方虚空在汝心中,犹如白云点太清里;况诸世界在虚空耶!"

晚上整理房室,把剩在灶间里的篮钵、器皿、余薪、余米,以及其他三年来寓居中所用的家常零星物件,尽行送给来帮我做短工的、邻近的小店里的儿子。只有四双破旧的小孩子的鞋子(不知为什么缘故),我不送掉,拿来整齐地摆在自己的床下,而

[①] 本篇原载《小说月报》1928年10月10日第19卷第10号。

且后来看到的时候常常感到一种无名的愉快。直到好几天之后，邻居的友人过来闲谈，说起这床下的小鞋子阴气迫人，我方始悟到自己的痴态，就把它们拿掉了。

朋友们说我关心儿女。我对于儿女的确关心，在独居中更常有悬念的时候。但我自以为这关心与悬念中，除了本能以外，似乎尚含有一种更强的加味。所以我往往不顾自己的画技与文笔的拙陋，动辄描摹。因为我的儿女都是孩子们，最年长的不过九岁，所以我对于儿女的关心与悬念中，有一部分是对于孩子们——普天下的孩子们——的关心与悬念。他们成人以后我对他们怎样？现在自己也不能晓得，但可推知其一定与现在不同，因为不复含有那种加味了。

回想过去四个月的悠闲宁静的独居生活，在我也颇觉得可恋，又可感谢。然而一旦回到故乡的平屋里，被围在一群儿女的中间的时候，我又不禁自伤了。因为我那种生活，或枯坐、默想，或钻研、搜求，或敷衍、应酬，比较起他们的天真、健全、活跃的生活来，明明是变态的、病的、残废的。

有一个炎夏的下午，我回到家中了。第二天的傍晚，我领了四个孩子——九岁的阿宝、七岁的软软、五岁的瞻瞻、三岁的阿韦——到小院中的槐荫下，坐在地上吃西瓜。夕暮的紫色中，炎阳的红味渐渐消减，凉夜的青味渐渐加浓起来。微风吹动孩子们的细丝一般的头发，身体上汗气已经全消，百感畅快的时候，孩子们似乎已经充溢着生的欢喜，非发泄不可了。最初是三岁的孩子的音乐的表现，他满足之余，笑嘻嘻摇摆着身子，口中一面嚼西瓜，一面发出一种像花猫偷食时候的"ngam ngam"的声音来。这音乐的表现立刻唤起了五岁的瞻瞻的共鸣，他接着发表他的诗:"瞻瞻吃西瓜,宝姐姐吃西瓜,软软吃西瓜,阿韦吃西瓜。"这诗的表现又立刻引起了七岁与九岁的孩子的散文的、数学的兴味:他们立刻把瞻瞻的诗句的意义归纳起来,报告其结果:"四个人吃四块西瓜。"

于是我就做了评判者,在自己心中评判他们的作品。我觉得三岁的阿韦的音乐的表现最为深刻而完全,最能全般表出他的欢喜感情。五岁的瞻瞻把这欢喜的感情翻译为(他的)诗,已打了一个折扣;然尚带着节奏与旋律的分子,犹有活跃的生命流露着。至于软软与阿宝的散文的、数学的、概念的表现,比较起来更肤浅一层。然而看他们的态度,全部精神没入在吃西瓜的一事中,其明慧的心眼,比大人们所见的完全得多。天地间最健全的心眼,只是孩子们的所有物,世间事物的真相,只有孩子们能最明确、最完全地见到。我比起他们来,真的心眼已经被世智尘劳所蒙蔽,所斫丧,是一个可怜的残废者了。我实在不敢受他们"父亲"的称呼,倘然"父亲"是尊崇的。

我在平屋的南窗下暂设一张小桌子,上面按照一定的秩序而布置着稿纸、信笺、笔砚、墨水瓶、糨糊瓶、时表和茶盘等,不喜欢别人来任意移动,这是我独居时的惯癖。我——我们大人——平常的举止,总是谨慎、细心、端详、斯文。例如磨墨、放笔、倒茶等,都小心从事,故桌上的布置每日依然,不致破坏或扰乱。因为我的手足的筋觉已经由于屡受物理的教训而深深地养成一种谨惕的惯性了。然而孩子们一爬到我的案上,就捣乱我的秩序,破坏我的桌上的构图,毁损我的器物。他们拿起自来水笔来一挥,洒了一桌子又一衣襟的墨水点;又把笔尖蘸在糨糊瓶里。他们用劲拔开毛笔的铜笔套,手背撞翻茶壶,壶盖打碎在地板上……这在当时实在使我不耐烦，我不免哼喝他们，夺脱他们手里的东西，甚至批他们的小颊。然而我立刻后悔：哼喝之后立刻继之以笑，夺了之后立刻加倍奉还，批颊的手在中途软却，终于变批为抚。因为我立刻自悟其非：我要求孩子们的举止同我自己一样，何其乖谬！我——我们大人——的举止谨惕，是为了身体手足的筋觉已经受了种种现实的压迫而痉挛了的缘故。孩子们尚保有天赋的健全的身手与真朴活跃的元气，岂像我们的穷屈？揖让、进退、规行、矩步等大人们的礼貌，犹如刑具，都是戕贼这天赋的健全的身手的。于是活跃的人逐渐变成了手足麻痹、半身不遂的残废者。残废者要求健全者的举止同他自己一样，何其乖谬！

　　儿女对我的关系如何？我不曾预备到这世间来做父亲，故心中常是疑惑不明，又觉得非常奇怪。我与他们完全是异世界的人，他们比我聪明、健全得多；然而他们又是我所生的儿女。这是何等奇妙的关系！世人以膝下有儿女为幸福，希望以儿女永续其自我，我实在不解他们的心理。我以为世间人与人的关系，最自然最合理的莫如朋友。君臣、父子、昆弟、夫妇之情，在十分自然合理的时候都不外乎是一种广义的友谊。所以朋友之情，实在是一切人情的基础。"朋，同类也。"并育于大地上的人，都是同类的朋友，共为大自然的儿女。世间的人，忘却了他们的大父母，而只知有小父母，以为父母能生儿女，儿女为父母所生，故儿女可以永续父母的自我，而使之永存。于是无子者叹天道之无知；子不肖者自伤其天命，而狂进杯中之物。其实天道有何厚薄于其齐生并育的儿女！我真不解他们的心理。

　　近来我的心为四事所占据了：天上的神明与星辰，人间的艺术与儿童。这小燕子似的一群儿女，是在人世间与我因缘最深的儿童，他们在我心中占有与神明、星辰、艺术同等的地位。

戊辰年（1928年）韦驮圣诞作于石湾

爱子之心[①]

吾乡风俗，给孩子取名常用"丫头""小狗""和尚"等。倘到村庄上去调查起来，可见每个村庄上名叫丫头的一定不止一个，有大丫头、小丫头等；名叫和尚的也一定不止一个，有三和尚、四和尚等。不但村庄上如此，镇上、城里，也有着不少的丫头、小狗和和尚。名叫丫头的有时是一个老头子，名叫小狗的有时是一条大汉，名叫和尚的有时是一个富商。我在闻名见面时，往往忍不住要笑出来。

这种名字当然不是本人自己要取的，原是由乳名沿用而来的，但他们的父母为什么给他们取这种乳名呢？窥察他们的用意，大概出于爱子之心。这种人的孩子时代大概是宠儿或独子。父母深恐他们不长养，因而给他们取这种名字。

为什么给孩子取名丫头、小狗或和尚，孩子便会长养呢？窥察他们的理论是这样：世间可贵的东西往往容易丧失，而贱的东西偏生容易长养。故要宠儿或独子长养，只要在名义上把他们假

[①] 本篇原载《东方杂志》1933年8月16日第30卷第16号。

装为贱的，死神便受他们的欺骗，不会来光顾了。故普通给孩子取名，大都取个福生、寿生、富生或贵生；但给宠儿或独子取名，这等好字眼都用不着。并非不要他有福，有寿，大富，大贵，只因宠儿或独子，本身已经太贵而有容易丧失的危险。欲杜死神的觊觎而防危险，正宜取最贱的称呼。他们以为世间贱的东西，是女人、畜生和和尚。故宠儿或独子的名字取了"丫头""小狗"或"和尚"，死神听见了便以为他真是丫头，真是和尚，或者真是一只小狗，就放他壮健地活在世上了。

"丫头"这称呼，在吾乡有两种用法：镇上人称使女为丫头，乡下人称女儿为丫头。无论为使女或女儿，总之，丫头就是女孩子。女人是贱的，女孩子是女人中之小者，故丫头犹言"小贱人"。以此称呼宠儿或独子给死神听，最为稳当。故一村之中，名叫丫头的一定不止一个。

畜生的贱，不言可知，但其中最贱的是狗，因为它是吃屎的。故宠儿独子只要实际不吃屎，不妨取名小狗。

至于和尚，在吾乡也是贱的东西。把儿子卖给寺里作小和尚，丰年也只卖三块钱一岁，荒年白送也没有人要。这样看来，小和尚比猪羊等畜生更贱。故名叫和尚的孩子尤多。但又有人说，这名字除此以外还有一种法力：和尚是修行的，修行是积福积寿的。取名为和尚，可免修行之苦，而得福寿之利，也是一种不劳而获的方法。

一九三三年六月廿九日

"带点笑容"[①]

请照相馆里的人照相,他将要开镜头的时候,往往要命令你:"带点笑容!"

爱好美术的朋友×君最嫌恶这一点,因此永不请教照相馆。但他不能永不需要照相,因此不惜巨价自己购置一副照相机。然而他的生活太忙,他的技术太拙,学了好久照相,难得有几张成功的作品。为了某种需要,他终于不得不上照相馆去。我预料有一幕滑稽剧要开演了,果然:

×君站在镜头面前,照相者供献他一个摩登花样的矮柱,好像一只茶几,教他左手搁在这矮柱上,右手叉腰,说道:"这样写意!"×君眉头一皱,双手拒绝他,说:"这个不要,我只要这样站着好了!"他心中已经大约动了三分怒气。照相者扫兴地收回了矮柱,退回镜头边来,对他一相,又走上前去劝告他:"稍微偏向一点,不要立正!"×君不动。照相者大概以为他听不懂,伸手捉住他的两肩,用力一旋,好像雕刻家弄他的塑像似的,把

[①] 本篇原载 1936 年 8 月 1 日《宇宙风》第 2 卷第 22 期。

×君的身体向外旋转约二十度。他的两手一放，×君的身体好像有弹簧的，立刻回复原状。二人意见将要发生冲突，我从中出来调解："偏一点也好，不过不必偏得这样多。"×君听了我的话，把身体旋转了约十度。但我知道他心中的怒气已经动了五六分了。

照相者的头在黑布底下钻了好久，走到×君身边，先用两手整理他的衣襟，拉他的衣袖，又蹲下去搬动他的两脚。最后立起身来用两手的中指点住他的颧颥，旋动他的头颅；用左手的食指点住他的后脑，教他把头俯下；又用右手的食指点住他的下巴，教他把头仰起。×君的怒气大约已经增至八九分。他不耐烦地嚷起来："好了，好了！快些给我照吧！"我也从旁帮着说："不必太仔细，随便给他照一个，自然一点倒好看。"照相者说着"好，好"走回镜旁，再相了一番，伸手搭住镜头，对×君喊："眼睛看着这里！带点笑容！"看见×君不奉行他的第二条命令，又重申一遍："带点笑容！"×君的怒气终于增到了十分，破口大骂起来："什么叫做带点笑容！我又不是来卖笑的！混账！我不照了！"他两手一挥，红着脸孔走出了立脚点，皱着眉头对我苦笑。照相者就同他相骂起来：

"什么？我要你照得好看，你反说我混账！"

"你懂得什么好看不好看？混账东西！"

"我要同你品品道理看！你板着脸孔，我请你带点笑容，这不是好意？到茶店里品道理我也不怕！"

"我不受你的好意。这是我的照相，我欢喜怎样便怎样，不要你管！"

"照得好看不好看，和我们照相馆名誉有关，我不得不管！"

听到了这句话，×君的怒气增到十二分："放屁！你也会巧立名目来拘束别人的自由？……"二人几乎动武了。我上前劝解，拉了愤愤不平的×君走出照相馆。一出滑稽剧于是闭幕。

我陪着×君走出照相馆时，心中也非常疑怪。为什么照相一定要"带点笑容"呢？回头向他们的样子窗里一瞥，这疑怪开始消解，原来他们所摄的照相，都作演剧式的姿态，没有一幅是自然的。女的都带些花旦的姿态，男的都带些小生，老生，甚至丑角的姿态。美术上所谓自然的 pose（姿势），在照相馆里很难找到。人物肖像上所谓妥帖的构图，在这些样子窗里尤无其例。推想到这些照相馆里来请求照相的人，大都不讲什么自然的 pose，与妥帖的构图。女的但求自己的姿态可爱，教她装个俏眼儿也不吝惜；男的但求自己的神气活现，命令他"带点笑容"当然愿意的了。我们的×君戴了美术的眼镜，抱了造象的希望，到这种地方去找求自然的 pose 与妥帖的构图，犹如缘木求鱼，当然是要失望的。

但是这幕滑稽剧的演出，其原因不仅在于美术与非美术的冲突上，还有更深的原因隐伏在×君的胸中。他是一个不善逢迎，不苟言笑的人。他这种性格，今天就在那个照相馆中的镜头前面现形出来。他的反抗照相者的命令，其意识中仿佛在说："我不愿做一切违背衷心的非义的言行！我不欲强作笑颜来逢迎任何人！我的脸孔天生成这样！这是我之所以为我！"故在他看来，照相者劝他"带点笑容"，仿佛是强迫他变志、失节，装出笑颜来谄媚世人，在他是认为奇耻大辱的。然而照相馆里的人哪能顾到这一点？他的劝人"带点笑容"，确是出于"好意"。因为他们营商的人，大都以多数顾客的要求为要求，以多数顾客的好恶为好恶，他们自己对于照相根本没有什么要求，也没有什么好恶。故×君若有所愤怒，也不必对他们发，应该发在多数的顾客身上。因为多数顾客喜欢在镜头面前作娇态、装神气，因此养成了这样的照相店员。

我并不主张照相时应该板脸孔，也不一定嫌恶装笑脸的照相。但觉照相者强迫镜头前的人"带点笑容"，是可笑、可耻、又可悲的事。因此我不得不由此想象：现今的世间，像×君的人极少，而与×君性格相反的人极多。那么真如×君出照相馆时所说："现今的世间，要进照相馆也不得不'带点笑容'了！"

廿五年（1936年）夏日作

博士见鬼[①]

林博士，是研究数学的人。他曾经留学西洋，发明一个数学定理，得到国际学术研究会的奖。回国以后，他在大学当理学院院长，一方面继续研究。他是一个光明正大的科学家。然而他曾经看见鬼，而且吃了鬼的许多苦头。你们倘不相信，请听我讲来。

林博士回国后，就同一位王女士结婚。这王女士也是研究数学的，曾在大学数学系毕业，成绩十分优良。两人志同道合，夫妻爱情比海更深。博士曾对他的太太说："倘没有了你，我不能继续研究。"太太也说："倘没有了你，我不能做人！"两人爱情之深，由此可以想见。

哪里晓得结婚的后一年，林太太忽然生病，是一种伤寒症，非常沉重，百计求医，毫无效果。眼见得生命危在旦夕了。有一天，林博士坐在病床上摸她的脉搏，觉得异常微弱，吃惊之下，掉下泪来。王女士看见了，心知绝望，悲伤之余，紧握林博士的

---

① 本篇原载《儿童故事》1947年3月第4期。

手,呜咽起来。林博士安慰她。她和泪说道:"我这病不会好了……我死后,你……"说不下去了。林博士感动之极,接着说:"你一定会好的。假定你真个死了,我永远不再结婚。"两人默默地哭泣,不久之后,林太太果然一命呜呼,与林博士永别了。林博士抱着林太太的尸体,号啕大哭,他用嘴巴贴着林太太的耳朵,哀哀地告道:"我永远为你守节!我永不再和别人结婚,请你安眠在地下等候我吧!"旁边的人都揩眼泪。

林太太死时,正是阴历年底。林博士忙着办丧葬,一直忙到开年,方始了结。林博士鳏居,起初很悲伤,后来渐渐忘情,哀

林太太死时,正是阴历年底。

悼也淡然了。过了一二个月，独行独坐，独起独卧，觉得非常寂寞。他渐渐感到没有太太的苦痛了。后来，觉得饮食起居，一切日常生活，都非常不便。他渐渐感到没有太太的不合理了。他不免向亲戚朋友诉说独居的苦处。亲戚朋友就劝他续弦。他想起了王女士临终时他所发的誓言，起初坚决否定。后来他想，人已经死了，对她守信，于她毫无益处，而于我却实在有碍。这可说是愚笨的，不合理的行为。况且她生前如此爱我，死而有知，一定也不愿意叫我独居受苦。我死守信用，反而使她在地下不安。……他的心念一转，就决意续弦。其实他是科学家，根本不相信有鬼的。

亲戚朋友介绍亲事的很多，他终于爱上了一位李女士。清明过后，就是他的前太太王女士死后约三个月，他就和李女士结婚。李女士是大学教育系毕业的，循规蹈矩，非常贤淑，当一个著名学者的太太，是最合格的。两人情爱，又是很深。但在林博士方面，对后妻的爱，终不似对前妻的爱那样纯全。他每逢欢喜的时候，往往忽然敛住笑容，陷入沉思；或者颦眉闭目，若有所忧。晚上睡梦中，他又常常呓语，语音悲哀、沉痛，甚至呜咽。李女士推他醒来，问他做什么噩梦，他总笑着说："没有做噩梦，不知怎的会梦呓。"

林博士这种忧愁和梦呓，后来越发增多，使得李女士惊奇。李女士屡次盘问他有何心事。他起初总是推托没有心事，后来自己觉得太苦，就坦白地说了出来："不瞒你说，我的前妻临终时，我曾对她起誓：永不再娶。后来我背了誓约，和你结婚。我想起此事心甚抱歉。最近的忧愁和梦呓，便是为此。"

李女士是十分贤淑的人，一听此话，大为惊骇。她是循规蹈矩的人，以为失信背约，是一大罪恶。她又是半旧式女子，不能完全破除迷信，就疑心林博士的忧愁和梦呓，是前太太的鬼在作祟。她就后悔，自己不该和林博士结婚。因此想起，前太太的鬼对她一定也很妒恨。她怕极了！从此她也常常忧愁，常常梦中哭喊。从此林博士夫妇二人，常常见鬼。有一天晚上，李女士看见门角落里仿佛有一只面孔，正与王女士的遗像相似。有一天晚上，电灯熄了，她仿佛看见一个女人走上楼梯，忽然不见了。又有一天半夜里，她同林博士共同听见一个女子的啜泣声，林博士说声音很像他的前妻的。又有一天半夜里，二人同时从梦中惊醒，因为大家梦见王女士披头散发，血流满面，来拉他们二人同到阴司去。……幸福的家庭，变成了忧愁苦恨的牢狱！

年关到了。王女士逝世，已经周年。冬至那一天晚上，林博士夫妇二人，请和尚来诵经；在灵座前，二人虔诚地膜拜。李女士拜下去，口中喃喃有词，意思是向死者道歉，请她原谅她误嫁林博士的罪过。林博士默默祷告，请死者原谅他的背约。和尚诵经到夜深始散。

次日早晨，李女士走到灵前，"啊哟！"惊叫一声，全身发抖，倒在椅上。林博士追出来看，李女士用手指着灵座，不作一声。一看，原来灵座上的纸牌位，已经反身，写着"先室王某某女士之灵位"的一面向着墙壁了！这在李女士看来，明明是死者的显灵，表示痛恨他们，不受他们的道歉，不要看他们。终于两人恭敬地将牌位反过来，点上香烛，又是虔诚地膜拜。

谁知第二天早晨，纸牌位又是面向墙壁了！毕生研究科学而不信鬼的林博士，这回也信心动摇起来。他小心地将纸牌位旋转，然后上香烛，二人双双跪下，一拜，再拜。

岂料第三天早晨,纸牌位又是面向墙壁了!二人又把它扶正,又是焚香礼拜。此时林博士已确信有鬼,李女士更不消说。从此以后,二人见鬼更多,一切黑暗的地方,都有王女士的脸孔,而且相貌狰狞。李女士忧惧过度,寝食不调,不久竟成了病。医生说是心脏病,只要营养好,可以康复。但李女士在病床上日夜见鬼,吓也吓饱了,哪有胃口去吃参药粥饭?因此,身体越弄越瘦,病势越来越重。病了一春一夏,病到这一年的秋末冬初,李女士又是一命呜呼!临终时连声地喊:"来讨命了,来讨命了!"

前妻的灵座还没有撤除,第二妻又死。林博士堂前设了两个灵座,两个纸牌位。这一年又到冬至,照例又祭祀。和尚经忏散后,林博士独自在灵堂前,看看两个灵座,觉得这两年来好似一场噩梦,现在方始梦醒。他想,我毕生研究学术,读破万卷,从未知道鬼神存在的理由。难道世间真有鬼吗?他发一誓愿:我今晚不睡,在两妻的灵前坐守一夜。倘真有鬼,即请今晚显灵,当面旋牌位给我看!

他正襟危坐在灵前荧荧的烛光之下,注视两个纸牌位,目不转睛。夜深了,鸦雀无声,但闻邻家农夫打米的声音。这地方农夫很勤谨,利用冬日的夜长,冬至前后必做夜工。林博士耳闻打米"砰砰"之声,眼看两个牌位。他忽然兴奋,立起身来。因为他亲眼看见两个纸牌位在桌上一跳一跳地转动。每一跳与打米的每一"砰"相合拍,而转动的速度很小,与时表上长针转动的速度相似。于是他明白了:原来邻家打米,使地皮震动;地皮影响到桌子,使桌子也震动;桌子影响到纸牌位,使纸牌位跟着跳动。又因桌子稍有点倾斜,故纸牌位每一跳动,必转变其方向;

转得很微，每次不过一度的几分之一。然而打米继续数小时，振动不止千百次；纸牌位跳了千百次，正好旋转一百八十度，便面向墙壁了。

林博士恍然大悟，他拍着灵座，大声地独白："鬼！鬼！原来逃不出物理！"继续又慨叹道："倘使去年就发见这物理，我的后妻是不会死的！她死得冤枉！"

夜深了，鸦雀无声，但闻邻家农夫打米的声音。

李叔同先生的爱国精神[①]

三月七日的《文汇报》上载着黄炎培先生的一篇文章《我也来谈谈李叔同先生》。我读了之后,也想"也来谈谈"。今年正是弘一法师(即李叔同先生)逝世十五周年,我就写这篇小文来表示纪念吧。

黄炎培先生这篇文章里指出李叔同先生青年时代的爱国思想,并且附刊李叔同先生亲笔的自撰的《祖国歌》的图谱。我把这歌唱了一遍,似觉年光倒流,心情回复了少年时代。我是李先生任教杭州师范时的学生,但在没有进杭州师范的时候,早已在小学里唱过《祖国歌》。我的少年时代,正是中国外患日逼的时期。如黄先生文中所说:一八九四年甲午之战败于日本,一八九五年割地赔款与日本讲和,一八九七年德占胶州湾,一八九八年英占威海卫,一八九九年法占广州湾,一九〇〇年八国联军占北京,一九〇一年订约赔款讲和——我的少年时代正在这些国耻之后。那时民间曾经有"抵制美货""抵制日货""劝用国货"

[①] 本篇原载《人民日报》1957年3月29日。

等运动。我在小学里唱到这《祖国歌》的时候，正是"劝用国货"的时期。我唱到"上下数千年，一脉延，文明莫与肩；纵横数万里，膏腴地，独享天然利"的时候，和同学们肩了旗子排队到街上去宣传"劝用国货"时的情景，憬然在目。我们排队游行时唱着歌，李叔同先生的《祖国歌》正是其中之一。但当时我不知道这歌的作者是谁。

后来我小学毕业，考进了杭州师范，方才看见《祖国歌》的作者李叔同先生。爱国运动，劝用国货宣传，依旧盛行在杭州师范中。我们的教务长王更三先生是号召最力的人，常常对我们作慷慨激昂的训话，劝大家爱用国货，挽回利权。我们的音乐图画教师李叔同先生是彻底实行的人，他脱下了洋装，穿一身布衣：灰色云章布（就是和尚们穿的布）袍子，黑布马褂。然而因为他是美术家，衣服的形式很称身，色彩很调和，所以虽然布衣草裳，还是风度翩然。后来我知道他连宽紧带也不用，因为当时宽紧带是外国货。他出家后有一次我送他些僧装用的粗布，因为看见他用麻绳束袜子，又买了些宽紧带送他。他受了粗布，把宽紧带退还我，说："这是外国货。"我说："这是国货，我们已经能够自造。"他这才受了。他出家后，又有一次从温州（或闽南）写信给我，要我替他买些英国制的朱砂（Vermilion），信上特别说明：此虽洋货，但为宗教文化，不妨采用。因为当时英国水彩颜料在全世界为最佳，永不褪色。他只有为了写经文佛号，才不得不破例用外国货。关于劝用国货，王更三先生现身说法，到处宣讲；李叔同先生则默默无言，身体力行。当时我们杭州师范里的爱国空气很浓重，正为了有这两位先生的缘故。王更三先生现在健在上海，一定能够回味当时的情况。

李叔同先生三十九岁上——这正是欧洲大战发生,日本提出二十一条,袁世凯称帝、粤桂战争、湘鄂战争、奉直战争,国内乌烟瘴气的期间——辞去教职,遁入空门,就变成了弘一法师。弘一法师剃度前夕,送我一个亲笔的自撰的诗词手卷,其中有一首《金缕曲》,题目是《将之日本,留别祖国,并呈同学诸子》。全文如下:

披发佯狂走。莽中原暮鸦啼彻几株衰柳。破碎河山谁收拾,零落西风依旧。便惹得离人消瘦。行矣临流重太息,说相思刻骨双红豆。愁黯黯,浓于酒。

漾情不断淞波溜。恨年年絮飘萍泊,遮难回首。二十文章惊海内,毕竟空谈何有!听匣底苍龙狂吼。长夜凄风眠不得,度群生那惜心肝剖!是祖国,忍孤负!

我还记得他展开这手卷来给我看的时候,特别指着这阕词,笑着对我说:"我做这阕词的时候,正是你的年纪。"当时我年幼无知,漠然无动于衷。现在回想,这暗示着:被恶劣的环境所迫而遁入空门的李叔同先生的冷寂的心的底奥里,一点爱国热忱的星火始终没有熄灭。

在文艺方面说,李叔同先生是中国最早提倡话剧的人,最早研究油画的人,最早研究西洋音乐的人。去年我国纪念日本的雪舟法师的时候,我常常想起:在文艺上,我国的弘一法师和日本的雪舟法师非常相似。雪舟法师留学中国,把中国的宋元水墨画法输入日本;弘一法师留学日本,把现代的话剧、油画和钢琴音乐输入中国。弘一法师对中国文艺界的贡献,实在不亚于雪舟法师对日本文艺界的贡献！雪舟法师在日本有许多纪念建设。我希望中国也有弘一法师的纪念建设。弘一法师的作品、纪念物，现在分散在他的许多朋友的私人家里，常常有人来信问我有没有纪念馆可以交送，杭州的堵申甫老先生便是其一。今年是弘一法师逝世十五周年纪念，又是他所首倡的话剧五十周年纪念。我希望在弘一法师住居最久而就地出家的杭州，有一个纪念馆，可以永久保存关于他的文献，可以永久纪念这位爱国艺僧。

一九五七年三月十二日于上海作

私塾生活[1]

我的学童时代,就是六十年前的时代。那时候。我国还没有学校,儿童上学,进的是私塾。怎么叫做私塾呢?就是一个先生在自己家里开办一个学堂,让亲戚、朋友、邻居家的小孩子来上学。有的只有七八个学生,有的十几个,至多也不过二三十个,不能再多了。因为家里屋子有限,先生只有一人。这些先生大都是想考官还没有考取的人,或者一辈子考不取的老人。那时候要做官,必须去考。小考一年一次,大考三年一次。考不取的,就在家里开私塾,教学生。学生每逢过年,送几块银洋给先生,作为学费,称为"修敬"。每逢端午、中秋,也必须送些礼物给先生,例如鱼、肉、粽子、月饼之类。私塾没有星期天,也没有暑假;只有年假,放一个多月。倘先生有事,随时可以放假。

私塾里不讲时间,因为那时绝大多数人家没有自鸣钟。学生早上入学,中午"放饭学",下午再入学,傍晚"放夜学",这些时间都没有一定,全看先生的生活情况。先生起得迟的,学生早

---

[1] 本篇原载《儿童时代》1962 年 9 月第 17 期。

上不妨迟到。先生有了事情,晚快就早点"放夜学"。学生早上入学,先生大都尚未起身,学生挟了书包走进学堂,先双手捧了书包向堂前的孔夫子牌位拜三拜,然后坐在规定的座位里。倘先生已经起来了,坐在学堂里,那么学生拜过孔夫子之后,须得再向先生拜一拜,然后归座。座位并不是课桌,就是先生家里的普通桌子,或者是自己家里搬来的桌子。座位并不排成一列,零零星星地安排,就同普通人家的房间布置一样。课堂里没有黑板,实际上也用不到黑板。因为先生教书是一个一个教的。先生叫声"张三",张三便拿了书走到先生的书桌旁边,站着听先生教。教毕,先生再叫"李四",李四便也拿了书走过去受教。……每天每人教多少时光,教多少书,没有一定,全看先生高兴。他高兴时,多教点;不高兴时,少教点。这些先生家里大都是穷的,有的全靠学生年终送的"修敬"过日子。因此做教书先生,人们称为"坐冷板凳";意思是说这种职业是很清苦的。因此先生家里柴米成问题的时候,先生就不高兴,教书也很懒。

　　还有,私塾先生大都是吸鸦片的。小朋友们,你们知道什么叫作鸦片?待我告诉你们:鸦片是一种烟,是躺在床上吸的。吸得久了,天天非吸几次不可,不吸就要打呵欠、流鼻涕,头晕眼花,同生病一样,这叫作"鸦片上瘾"。上了瘾的人很苦:又费钱,又费时间,又伤身体。那么你要问:他们为什么要吸呢?只因那时外国帝国主义欺侮我们中国人,贩进这种毒品来教大家吃,好让中国一天一天弱起来。那时中国政府怕外国人,不爱人民,就让大家去吸,便害了许多人。而读书人受害的最多。因为吸了鸦片,精神一时很好,读得进书,但不吸就读不进。因此不少读书人都上了当。

私塾没有课程表。但大都有个规定：早上"习字"，上午"背旧书"，下午"上新书"，放夜学之前"对课"。

私塾里读的书只有一种，是语文。像现在学校里的算术、图画、音乐、体操……那时一概没有。语文之外，只有两种小课，即"习字"和"对课"。而这两种小课都是和语文有关的，只算是语文中的一部分。而所谓"语文"，也并不是现在那种教科书，却是一种古代的文言文章，那书名叫作《大学》《中庸》《论语》《孟子》……这种书都很难读，就是现在的青年人、壮年人，也不容易懂得，何况小朋友。但先生不管小朋友懂不懂，硬要他们读，而且必须读熟，能背。小朋友读的时候很苦，不懂得意思，照先生教的念，好比教不懂外国语的人说外国语。然而那时的小朋友苦得很，非硬记、硬读、硬背不可。因为背不出先生要用"戒尺"打手心，或者打后脑。戒尺就是一尺长的一条方木棍。

上午，先生起来了，捧了水烟管走进学堂里，学生便一齐大声念书，比小菜场里还要嘈杂。因为就要"背旧书"了，大家便临时"抱佛脚"。先生坐下来，叫声"张三"，张三就拿了书走到先生书桌面前，把书放在桌上了，背转身子，一摇一摆地背诵昨天、前天和大前天读过的书。倘背错了，或者背不下去了，先生就用戒尺在他后脑上打一下，然后把书丢在地上。这个张三只得摸摸后脑，拾了书，回到座位里去再读，明天再背。于是先生再叫"李四"……一个一个地来背旧书。背旧书时，多数人挨打，但是也有背不出而不挨打的，那是先生自己的儿子或者亲戚。背好旧书，一个上午差不多了，就放饭学，学生大家回家吃饭。

下午，先生倘是吸鸦片的，要三点多钟才进学堂来。"上新书"也是一个一个上的。上的办法：先生教你读两遍或三遍，即先生读一句，你顺一句。教过之后，要你自己当场读一遍给先生听。但那些书是很难读的，难字很多，先生完全不讲解意义，只是教你跟了他"唱"。所以唱过二三遍之后，自己不一定读得出。越是读不出，后脑上挨打越多；后脑上打得越多，越是读不出。先生书桌前的地上，眼泪是经常不干的！因此有的学生，上一天晚上请父亲或哥哥等先把明天的生书教会，免得挨打。

新书上完后，将近放学，先生把早上交来的习字簿用红笔加批，发给学生。批有两种：写得好的，圈一圈；写得不好的，直一直；写错的，打个叉。直的叫作"吃烂木头"，叉的叫作"吃洋钢叉"。有的学生，家长发给零用钱，以习字簿为标准：一圈一个铜钱，一个烂木头抵消一个铜钱，一个洋钢叉抵消两个铜钱。

发完习字簿，最后一件事是"对课"。先生昨天在你的"课簿"上写两个或三个字，你拿回家去，对他两个或三个字，第二天早上缴在先生桌上。此时先生逐一翻开来看，对得好的，圈一圈；对得不好的，他替你改一改。然后再出一个新课，让你拿回去对好了，明天来缴卷。怎么叫对课呢？譬如先生出"红花"两字，你对"绿叶"；先生出"春风"，你对"秋雨"；先生出"明月夜"，你对"艳阳天"……对课要讲词性，要讲平仄。怎么叫作词性和平仄，说来话多，我暂时不讲了。这算是私塾里最有兴味的一课。然而对得太坏，也不免挨打手心。对过课之后，先生喊一声："去！"学生就打好书包，向孔夫子牌位拜三拜，再向先生拜一拜，一缕烟跑出学堂去了。这时候学生个个很开心，一路上手挽着手,跳跳蹦蹦,乱叫乱嚷,欢天喜地地回家去,犹如牢狱里释放的犯人一般。

今天讲得太多了。下次有机会再和小朋友谈旧话吧。

一九六二年

中举人

我的父亲是清朝光绪年间最后一科的举人。他中举人时我只四岁,隐约记得一些,听人传说一些情况,写这篇笔记。话须得从头说起:

我家在明末清初就住在石门湾。上代已不可知,只晓得我的祖父名小康,行八,在这里开一爿染坊店,叫作丰同裕。这店到了抗日战争开始时才烧毁。祖父早死,祖母沈氏,生下一女一男,即我的姑母和父亲。祖母读书识字,常躺在鸦片灯边看《缀白裘》等书。打瞌睡时,往往烧破书角。我童年时还看到过这些烧残的书。她又爱好行乐。镇上演戏文时,她总到场,先叫人搬一只高椅子去,大家都认识这是丰八娘娘的椅子。她又请了会吹弹的人,在家里教我的姑母和父亲学唱戏。邻近沈家的四相公常在背后批评她:"丰八老太婆发昏了,教儿子女儿唱徽调。"因为那时唱戏是下等人的事。但我祖母听到了满不在乎。我后来读《浮生六记》,觉得我的祖母颇有些像那芸娘。

父亲名镤,字斛泉,廿六七岁时就参与大比。大比者,就是考举人,三年一次,在杭州贡院中举行,时间总在秋天。那时没有火车，便坐船去。运河直通杭州，约八九十里。在船中一宿，次日便到。于是在贡院附近租一个"下处"，等候进场。祖母临行叮嘱他："斛泉，到了杭州，勿再埋头用功，先去玩玩西湖。胸襟开朗，文章自然生色。"但我父亲总是忧心忡忡，因为祖母一方面旷达，一方面非常好强。曾经对人说："坟上不立旗杆，我是不去的。"那时定例：中了举人，祖坟上可以立两个旗杆。中了举人，不但家族亲戚都体面，连已死的祖宗也光荣。祖母定要立了旗杆才到坟上，就是定要我父亲在她生前中举人。我推想父亲当时的心情多么沉重，哪有兴致玩西湖呢？

每次考毕回家，在家静候福音。过了中秋消息沉沉，便确定这次没有考中，只得再在家里饮酒、看书、吸鸦片，进修三年，再去大比。这样地过了三次，即九年，祖母日渐年老，经常卧病。我推想当时父亲的心里多么焦灼！但到了他三十六岁那年，果然考中了。那时我年方四岁，奶妈抱了我挤在人丛中看他拜北阙，情景隐约在目。那时的情况是这样：

父亲考毕回家，天天闷闷不乐，早眠晏起，茶饭无心。祖母躺在床上，请医吃药。有一天，中秋过后，正是发榜的时候①，染店里的管账先生，即我的堂房伯伯，名叫亚卿，大家叫他"麻子三大伯"的，早晨到店，心血来潮，说要到南高桥头去等"报事船"。大家笑他发呆，他不顾管，径自去了。他的儿子名叫乐生，是个顽皮孩子，跟了他去。父子两人在南高桥上站了一会儿，看见一只快船驶来，锣声喤喤不绝。他就问："谁中了？"船上人说："丰镄，丰镄！"乐生先逃，麻子三大伯跟着他跑。旁人

---

① 当时发榜常在农历九月初九，取重九登高之意。

不知就里，都说："乐生又闯了祸了，他老子在抓他呢。"

麻子三大伯跑回来，闯进店里，口中大喊"斛泉中了！斛泉中了！"父亲正在蒙被而卧。麻子大伯喊到他床前，父亲讨厌他，回说："你不要瞎说，是四哥，不是我！"四哥者，是我的一个堂伯，名叫丰锦，字浣江，那年和父亲一同去大比的。但过了不久，报事船已经转进后河，锣声敲到我家里来了。"丰镠接诰封！丰镠接诰封！"一大群人跟了进来。我父亲这才披衣起床，到楼下去盥洗。祖母闻讯，也扶病起床。

我家房子是向东的，于是在厅上向北设张桌子，点起香烛，等候新老爷来拜北阙。麻子三大伯跑到市里，看见团子、粽子就拿，拿回来招待报事人。那些卖团子、粽子的人，绝不同他计较。因为他们都想同新贵的人家结点缘。但后来总是付清价钱的。父亲戴了红缨帽，穿了外套走出来，向北三跪九叩，然后开诰封。祖母头上拔下一支金挖耳来，将诰封挑开，这金挖耳就归报事人获得。报事人取出"金花"来，插在父亲头上，又插在母亲和祖母头上。这金花是纸做的，轻巧得很。据说皇帝发下的时候，是真金的，经过人手，换了银花，再换了铜花，最后换了纸花。但不拘怎样，总之是光荣。表演这一套的时候，我家里挤满了人。因为数十年来石门湾不曾出过举人，所以这一次特别稀奇。我年方四岁，由奶妈抱着，挤在人丛中看热闹，虽然莫名其妙，但到现在还保留着模糊的印象。

两个报事人留着，住在店楼上写"报单"。报单用红纸，写宋体字："喜报贵府老爷丰镠高中庚子辛丑恩政并科第八十七名举人。"自己家里挂四张，亲戚每家送两张。这"恩政并科"便是最后一科，此后就废科举，办学堂了。本来，中了举人之后，再到北京"会试",便可中进士,做官。举人叫做金门槛,很不容易跨进;一跨进之后,会试就很容易,因为人数很少,大都录取。但我的父亲考中的是最后一科,所以不得会试,没有官做,只得在家里设塾授徒,坐冷板凳了。这是后话。且说写报单的人回去之后,我家就举行"开贺"。房子狭窄,把灶头拆掉,全部粉饰,挂灯,结彩。附近各县知事,以及远近亲友都来贺喜,并送贺仪。这贺仪倒是一笔收入。有些人要"高攀",特别送得重。客人进门时,外面放炮三声,里面乐人吹打。客人叩头,主人还礼。礼毕,请客吃"跑马桌"。跑马桌者,不拘什么时候,请他吃一桌酒。这样,免得大排筵席,倒是又简便又隆重的办法。开贺三天,祖母天天扶病下楼来看,病也似乎好了一点。父亲应酬辛劳,全靠鸦片借力。但祖母经过这番兴奋,终于病势日渐沉重起来。父亲连忙在祖坟上立旗杆。不多久,祖母病危了。弥留时问父亲"坟上旗杆立好了吗?"父亲回答:"立好了。"祖母含笑而逝。于是开吊,出丧,又是一番闹热,不亚于开贺的时候。大家说:"这老太太真好福气!"我还记得祖母躺在尸床上时,父亲拿一叠纸照在她紧闭的眼前,含泪说道:"妈,我还没有把文章给你看过。"其声呜咽,闻者下泪。后来我知道,这是父亲考中举人的文章的稿子。那时已不用八股文而用策论,题目是《汉宣帝信赏必罚,综核名实论》和《唐太宗盟突厥于便桥,宋真宗盟契丹于澶州论》。

父亲三十六岁中举人,四十二岁就死于肺病。这五六年中,他的生活实在很寂寥。每天除授徒外,只是饮酒看书吸鸦片。他不吃肥肉,难得吃些极精的火腿。秋天爱吃蟹,向市上买了许多,养在缸里,每天晚酌吃一只。逢到七夕、中秋、重阳佳节,我们姐妹四五人也都得吃。下午放学后，他总在附近沈子庄开的鸦片馆里度过。晚酌后，在家吸鸦片，直到更深，再吃夜饭。我的三个姐姐陪着他吃。吃的是一个皮蛋，一碗冬菜。皮蛋切成三份，父亲吃一份，姐姐们分食两份。我年幼早睡，是没有资格参与的。父亲的生活不得不如此清苦。因为染坊店收入有限，束脩更为微薄，加上两爿大商店（油车、当铺）的"出官"① 每年送一二百元外，别无进账。父亲自己过着清苦的生活，他的族人和亲戚却沾光不少。凡是同他并辈的亲族，都称老爷奶奶，下一辈的都称少爷小姐。利用这地位而作威作福的，颇不乏人。我是嫡派的少爷。常来当差的褚老五，带了我上街去，街上的人都起敬，糕店送我糕，果店送我果，总是满载而归。但这一点荣华也难久居，我九岁上，父亲死去，我们就变成孤儿寡妇之家了。

---

① "出官"，指商店借举人老爷之名而得到保障，因而付给的酬金。

阿　庆[①]

　　我的故乡石门湾虽然是一个人口不满一万的小镇，但是附近村落甚多，每日上午，农民出街做买卖，非常热闹，两条大街上肩摩踵接，推一步走一步，真是一个商贾辐辏的市场。我家住在后河，是农民出入的大道之一。多数农民都是乘航船来的，只有卖柴的人，不便乘船，挑着一担柴步行入市。

　　卖柴，要称斤两，要找买主。农民自己不带秤，又不熟悉哪家要买柴。于是必须有一个"柴主人"。他肩上扛着一支大秤，给每担柴称好分量，然后介绍他去卖给哪一家。柴主人熟悉情况，知道哪家要硬柴，哪家要软柴，分配各得其所。卖得的钱，农民九五扣到手，其余百分之五是柴主人的佣钱。农民情愿九五扣到手，因为方便得多，他得了钱，就好扛着空扁担入市去买物或喝酒了。

　　我家一带的柴主人，名叫阿庆。此人姓什么，一向不传，人都叫他阿庆。阿庆是一个独身汉，住在大井头的一间小屋里，上

[①] 本篇原载《文汇报》1983年2月9日。

午忙着称柴,所得佣钱,足够一人衣食,下午空下来,就拉胡琴。他不喝酒,不吸烟,唯一的嗜好是拉胡琴。他拉胡琴手法纯熟,各种京戏他都会拉。当时留声机还不普遍流行,就有一种人背一架有喇叭的留声机来卖唱,听一出戏,收几个钱。商店里的人下午空闲,出几个钱买些精神享乐,都不吝惜。这是不能独享的,许多人旁听,在出钱的人并无损失。阿庆便是旁听者之一。但他的旁听,不仅是享乐,竟是学习。他听了几遍之后,就会在胡琴上拉出来。足见他在音乐方面天赋独厚。

夏天晚上,许多人坐在河沿上乘凉。皓月当空,万籁无声。阿庆就在此时大显身手。琴声宛转悠扬,引人入胜。浔阳江头的琵琶,恐怕不及阿庆的胡琴。因为琵琶是弹弦乐器,胡琴是摩擦弦乐器。摩擦弦乐器接近于肉声,容易动人。钢琴不及小提琴好听,就是为此。中国的胡琴,构造比小提琴简单得多。但阿庆演奏起来,效果不亚于小提琴,这完全是心灵手巧之故。有一个青年羡慕阿庆的演奏,请他教授。阿庆只能把内外两弦上的字眼——上尺工凡六五乙——教给他。此人按字眼拉奏乐曲,生硬乖异,不成腔调。他怪怨胡琴不好,拿阿庆的胡琴来拉奏,依旧不成腔调,只得废然而罢。记得西洋音乐史上有一段插话:有一个非常高明的小提琴家,在一只皮鞋底上装四根弦线,照样会奏出美妙的音乐。阿庆的胡琴并非特制,他的心手是特制的。

笔者曰:阿庆孑然一身,无家庭之乐。他的生活乐趣完全寄托在胡琴上。可见音乐感人之深,又可见精神生活有时可以代替物质生活。感悟佛法而出家为僧者,亦犹是也。

王囡囡

每次读到鲁迅《故乡》中的闰土,便想起我的王囡囡。王囡囡是我家贴邻豆腐店里的小老板,是我童年时代的游钓伴侣。他名字叫复生,比我大一二岁,我叫他"复生哥哥"。那时他家里有一祖母,很能干,是当家人;一母亲,终年在家烧饭,足不出户;还有一"大伯",是他们的豆腐店里的老司务,姓钟,人们称他为钟司务或钟老七。

祖母的丈夫名王殿英,行四,人们称这祖母为"殿英四娘娘",叫得口顺,变成"定四娘娘"。母亲名庆珍,大家叫她"庆珍姑娘"。她的丈夫叫王三三,早年病死了。庆珍姑娘在丈夫死后十四个月生一个遗腹子,便是王囡囡。请邻近的绅士沈四相公取名字,取了"复生"。复生的相貌和钟司务非常相像。人都说:"王囡囡口上加些小胡子,就是一个钟司务。"

钟司务在这豆腐店里的地位,和定四娘娘并驾齐驱,有时竟在其上。因为进货、用人、经商等事,他最熟悉,全靠他支配。因此他握着经济大权。他非常宠爱王囡囡,怕他死去,打一个银项圈挂在他的项颈里。市上凡有新的玩具、新的服饰,王囡囡一定首先享用，都是他大伯买给他的。我家开染坊店，同这豆腐店贴邻，生意清淡；我的父亲中举人后科举就废，在家坐私塾。我家经济远不及王囡囡家的富裕，因此王囡囡常把新的玩具送我，我感谢他。王囡囡项颈里戴一个银项圈，手里拿一枝长枪，年幼的孩子和猫狗看见他都逃避。这神情宛如童年的闰土。

我从王囡囡学得种种玩艺。第一是钓鱼，他给我做钓竿，弯钓钩。拿饭粒装在钓钩上，在门前的小河里垂钓，可以钓得许多小鱼。活活地挖出肚肠，放进油锅里煎一下，拿来下饭，鲜美异常。其次是摆擂台。约几个小朋友到附近的姚家坟上去，王囡囡高踞在坟山上摆擂台，许多小朋友上去打，总是打他不下。一朝打下了，王囡囡就请大家吃花生米，每人一包。又次是放纸鸢。做纸鸢，他不擅长，要请教我。他出钱买纸，买绳，我出力糊纸鸢，糊好后到姚家坟去放。其次是缘树。姚家坟附近有一个坟，上有一株大树，枝叶繁茂，形似一顶阳伞。王囡囡能爬到顶上，我只能爬在低枝上。总之，王囡囡很会玩耍，一天到晚精神勃勃，兴高采烈。

有一天，我们到乡下去玩，有一个挑粪的农民，把粪桶碰了王囡囡的衣服。王囡囡骂他，他还骂一声"私生子！"王囡囡面孔涨得绯红，从此兴致大大地减低，常常皱眉头。有一天，定四娘娘叫一个关魂婆来替她已死的儿子王三三关魂。我去旁观。这关魂婆是一个中年妇人，肩上扛一把伞，伞上挂一块招牌，上写"捉牙虫算命"。她从王囡囡家后门进来。凡是这种人，总是在小巷里走，从来不走闹市大街。大约她们知道自己的把戏鬼鬼祟祟，见不得人，只能骗骗愚夫愚妇。牙痛是老年人常有的事，那时没有牙医生，她们就利用这情况，说会"捉牙虫"。记得我有一个亲戚,有一天请一个婆子来捉牙虫。这婆子要小解了,走进厕所去。旁人偷偷地看看她的膏药,原来里面早已藏着许多小虫。婆子出来,把膏药贴在病人的脸上,过了一会,揭起来给病人看,"喏!你看:捉出了这许多虫,不会再痛了。"这证明她的捉牙虫全然是骗人。算命,关魂,更是骗人的勾当了。闲话少讲,且说定四娘娘叫关魂婆进来,坐在一只摇纱椅子①上。她先问:"要叫啥人?"定四娘娘说:"要叫我的儿子三三。"关魂婆打了三个呵欠,说:"来了一个灵官,长面孔……"定四娘娘说"不是"。关魂婆又打呵欠,说:"来了一个灵官……"定四娘娘说:"是了,是我三三了。三三!你撇得我们好苦!"就一把鼻涕,一把眼泪地哭。后来对着庆珍姑娘说:"喏,你这不争气的婆娘,还不快快叩头!"这时庆珍姑娘正抱着她的第二个孩子(男,名掌生)喂奶,连忙跪在地上,孩子哭起来,王囡囡哭起来,棚里的驴子也叫起来。关魂婆又代王三三的鬼魂说了好些话,我大都听不懂。后来她又打一个呵欠,就醒了。定四娘娘给了她钱,她讨口茶吃了,出去了。

王囡囡渐渐大起来,和我渐渐疏远起来。后来我到杭州去上学了,就和他阔别。年假暑假回家时,听说王囡囡常要打他的娘。打过之后,第二天去买一支参来,煎了汤,定要娘吃。我在杭州学校毕业后,就到上海教书,到日本游学。抗日战争前一两年,我回到故乡,王囡囡有一次到我家里来,叫我"子恺先生",本来是叫"慈弟"的。情况真同闰土一样。抗战时我逃往大后

---

① 摇纱椅子,是作者家乡一带低矮的靠背竹椅,因妇女摇纱(纺纱)时常坐此椅而得名。

方,八九年后回乡,听说王囡囡已经死了,他家里的人不知去向了。而他儿时的游钓伴侣的我,以七十多岁的高龄,还残生在这婆婆世界上,为他写这篇随笔。

笔者曰:封建时代礼教杀人,不可胜数。王囡囡庶民之家,亦受其毒害。庆珍姑娘大可堂皇地再嫁与钟老七。但因礼教压迫,不得不隐忍忌讳,酿成家庭之不幸,冤哉枉也。

五爹爹

五爹爹①是我的一个远房叔父，但因同住在一个老屋里，天天见面，所以很亲近。他姓丰，名铭，字云滨。子女甚多，但因无力抚养，送给别人的有三四个，家中只留二男二女。

五爹爹终身失意，而达观长寿，真是一个值得记录的人物。最初的失意是考秀才。科举时代，我们石门湾人，考秀才到嘉兴府，叫作小考，每年一次；考举人到杭州省城，叫作大考，三年一次。五爹爹从十来岁起，每年到嘉兴应小考，年年不第。直到三十多岁，方才考取，捞得一个秀才。闲人看见他年年考不取，便揶揄他。有一年深秋雨夜，有一个闲人来哄他："五伯，秀才出榜了，你的名字写在前头呢。"五爹爹信以为真，立刻穿上钉鞋，撑了雨伞，到东高桥头去看，结果垂头丧气而归。后来好容易考取了。但他有自知之明，不再去应大考，以秀才终其身。地方上人都叫他"五相公"，他已经满意了。但秀才两字不好当饭吃，他只得设塾授徒。坐冷板凳是清苦生涯，七八个学生，每年

---

① 五爹爹，是按儿女们的称呼。作者家乡一带称爷爷为爹爹。

送点修敬，为数有限，难于糊口。他的五妈妈非常能干，烧饭时将米先炒一下，涨性好些。青黄不接之时，常来向我母亲掇一借二。但总是如期归还，从不失信。真所谓秀才方正也。

后来，地方上人照顾他，给他在接待寺楼上办一个初等小学，向县政府请得相当的经费。他的进益就比设塾好得多了。然而学生多起来，一人教书来不及，势必另请人帮助，这就分了他的肥。物价年年上涨，经费决不增加。他的生活还是很清苦的。然而他很达观。每天散课后，在镇上闲步，东看西望，回家来与妻子评东说西，谈笑风生，自得其乐。上茶馆，出五个大钱泡一碗茶，吃了一会儿，叫茶博士"摆一摆"，等一会儿再来吃。第二次来时，带一把茶壶来，吃好之后将茶叶倒入壶中，回家去吃。

这时候我在杭州租了一间房子，在那里作寓公。五爹爹每逢寒假暑假，总是到我家来做客。他到杭州来住一两个月，只花一块银元，还用不了呢。因为他从石门湾步行到长安，从长安乘四等车到杭州，只需二角半，来回五角。到了杭州，当然不坐人力车，步行到我家。于是每天在杭州城里和西湖边上巡游，东看西望，回来向我们报告一天的见闻，花样自比石门湾丰富得多了。我欢迎他来，爱听他的报告。因为我不大出门，天天在家写作，晚上和他闲谈，作为消遣。他在杭州也上茶馆，也常"摆一摆"，但不带茶壶去，因为我家里有茶。有时他要远行，例如到六和塔、云栖等处去玩，不能回来吃中饭，他就买二只粽子，作为午饭。我叫人买几个烧饼，给他带去，于是连粽子钱也可以省了。

这样的生活，过了好几年。后来发生变化了。当小学教师收入太少，口食难度。亲友帮他起一个会，收得一笔钱，一部分安家，一部分带了到离乡数十里外的曲尺湾去跟一位名医潘申甫当学徒。医生收学徒是不取学费的，因为学生帮他工作。他只出些饭钱。学了两三年，回家挂招牌当医生。起初生意还好，颇有些收入。但此人太老实，不会做广告，以致后来生意日渐清淡，终于无人问津。他只得再当小学教师。幸而地方上人照顾他，仍请他办接待寺里初等小学。这是我父亲帮他忙。父亲是当地唯一的举人老爷，替他说话是有力的①。

五爹爹家里有二男二女。大男在羊毛行学生意，染上了一种习气，满师以后出外经商，有钱尽情使用……生意失败了，钱用光了，就回家来吃父亲的老米饭。在外吸上等香烟，回家后就吸父亲的水烟筒，可谓能屈能伸。大女嫁附近富绅，遇人不淑，打官司，离婚，也来吃父亲的老米饭。后来托人介绍到上海走单帮，终于溺水而死。次男和次女都很像人。次男由我带到上海入艺术师范，毕业后到宁波当教师，每月收入四十元，大半寄家。五爹爹庆幸无限。但是不到一年，生了重病，由宁波送回家，不久一命呜呼。次女在本地当小学教师，收入也尚佳，全部交与父亲。岂知不到一年，也一病不起了。真是天道无知啊！

五爹爹一生如此坎坷失意，全靠达观，竟得长寿，享年八十六岁。他长寿的原因，我看主要是达观。但有人说是全靠吃大黄。他从小有痔疮病，大便出血。这出血是由于大便坚硬，擦破肛门之故。倘每天吃三四分大黄，则大便稀烂，不会擦破肛门而流血。而大黄的副作用是清补。五爹爹一生茹苦含辛，粗衣糠食，而得享长年，恐是常年服食大黄之力。

---

① 从年代上看，作者父亲出力帮忙的可能是另一件事。

菊 林

我十三四岁在小学读书的时候,菊林是一个六岁的小和尚。如果此人现在活着而不还俗,则是一个六十多岁的老和尚了。

我们的西溪小学堂办在市梢的西竺庵里,借他们的祖师殿为校舍。我们入学,必须走进山门,通过大殿。因此和和尚们天天见面。西竺庵是个子孙庙,老和尚收徒弟,先进山门为大。菊林虽只六岁,却是先进山门,后来收的十三四岁的本诚,要叫他"师父"。这些小和尚,都是穷苦人家卖出来的,三块钱一岁。像菊林只能卖十八元。菊林年幼,生活全靠徒弟照管。"阿拉师父跌了一跤!"本诚抱他起来。"阿拉师父撒尿出了!"本诚替他换裤子。"阿拉师父困着了!"本诚抱他到楼上去。

僧房的楼窗外挂着许多风肉。这些和尚都爱吃肉,而且堂堂皇皇地挂在窗口。他们除了做生意(即拜忏)时吃素之外,平日都吃荤。而且拜忏结束之时,最后一餐也吃荤。有一次我看见老和尚打菊林的屁股,为的是菊林偷肉吃。

西竺庵里常常拜忏,差不多每月举行一次,每次都有名目:大佛菩萨生日,观音菩萨生日,某祖师生日等等。届时邀请当地信佛的太太们来参加。太太们都很高兴，可以借佛游春。她们每人都送香金。富有的人家送的很重，贫家随缘乐助。每次拜忏，和尚的收入是可观的。和尚请太太们吃素斋，非常丰盛。太太们吃好之后，在碗底下放几个铜钱，叫作洗碗钱。菊林在这一天很出风头。他合掌向每位太太拜揖，口称"阿弥陀佛"。他的面孔像个皮球，声音喃喃呢呢，每个太太都怜爱他，给他糖果或铜板角子。她们调查这小和尚的身世，知道他一出世就父母双亡，阿哥阿嫂生活困难，把他卖做小和尚。菊林心地很好，每次拜忏的收入，铜板角子交给老和尚，糖果和他的徒弟分吃。

　　抗战胜利后我从重庆归来，去凭吊劫后的故乡，看见西竺庵一部分还在。我入内瞻眺，在廊柱石凳之间依稀仿佛地看见六岁的菊林向我合掌行礼。庵中的和尚不知去向，屋宇都被尘封。大概他们都在这浩劫中散而之四方矣。但不知菊林下落如何。

宽 盖

五十多年前，我约二十岁的时候，在杭州师范学校肄业。有一天我的图画音乐老师李叔同先生带我到玉泉去看一位程中和先生。此人在第二次革命时曾经当过师长，忽然看破红尘，放下屠刀，即将在虎跑寺出家为僧，暂住在玉泉做准备工作。李先生此时也已立志出家，是他的同志，因此去看望他。所以带我同去者，为了出家前后有些事要我帮助。程中和先生是安徽人，年约四十左右，面部扁平，口角常带笑容。这慈祥之相，不配当军人，正宜做和尚。不久他在虎跑出家，法名弘伞；李先生相继出家，法名弘一，两人是师弟兄。

弘一法师云游各地，不常在杭州。弘伞法师则做了虎跑寺的当家，但常住在虎跑下院招贤寺。有一时我在招贤寺旁租屋而居，与弘伞法师为邻。他常到我家相谈，但我不须敬茶敬烟。因为他主张物质生活极度简化，每天上午吃十个实心馒头，一大碗盐汤，就整天不再吃饭吃茶。烟本来不吸。所以他来相谈，真是清谈。我敬佩他这生活革命。设想他在俗时，一定不是如此清苦。一念之转，竟判若两人。可见其皈依三宝的信心是异常坚贞的。

抗战胜利后某日，弘伞法师因事到上海，寓居在城内关帝庙中。忽有一男子进来找他，跪下来抱住了他的脚，痛哭流涕，不知所云。弘伞法师拉他起来，质问情由，方知道此人名叫某某（我记不起来了），敌伪时代曾经当过特务，用手枪打死不少人，现在忏悔了，决心放下手枪，出家为僧，请求弘伞法师接引。弘伞法师自己也是拿过手枪的，看了他那痛哭流涕之状，十分同情，立刻给他摩顶受戒，取法名曰宽盖，带他回杭州，在虎跑寺修行。

这位宽盖法师非常能干。他到虎跑后，勤劳办事，使得寺内百废俱兴。弘伞法师十分得意，曾经向我夸奖此人，认为这是风尘中的奇迹。也是佛教界的胜缘。他非常信任他，就把虎跑寺的大权交给他，连自己的图章也交他保管。弘伞法师自己就常住在招贤寺，勤修梵行。宽盖不时来招贤寺向师父报告虎跑近况，弘伞法师曾带他来看我，所以我也认识他，但见此人身材高大，眼角倒竖，一脸横肉，和底下的僧衣颇不相称。好像是鲁智深之流。

过了几时，宽盖法师来邀我到虎跑寺去吃斋，说是新近替师父在虎跑造了一间房子，请我和马一浮先生去参观。我如期而往，但见寺后山坡上竹林深处，建着一间红屋顶的小洋房。其中前为客室，后为卧房；铜床、沙发、镜台、屏帏，一应俱全。这不像僧房，竟是香闺。我口头赞美，心中纳罕。弘伞法师板起面孔说："何必造这房子，我不需要。"宽盖答说："师父赏光，这是弟子的一点孝心。"于是邀大家到外面的客堂去吃斋，素菜做得极好。

过了几时，忽然有一天杭州法院传弘伞，说有人控告他卖虎跑寺产田地若干亩，卖契上盖着他的图章，弘伞连忙找宽盖，宽盖正往上海去了。而法院传票接连而至。弘伞法师悄悄地逃出杭州，孤云野鹤一般不知去向了。后来听说他是逃到昆明，转赴缅甸去了。

不久，宽盖从上海带了一个女人来，供养在他替师父盖造的小洋房里。又带了一辆机器脚踏车来，常常载了那女人在西湖边上"噼噼啪啪"地兜圈子。有一次我到楼外楼吃饭，宽盖带了那女人也上来了。他向我招呼，满不在乎，我倒反而觉得难以为情。后来我离开杭州，此人的下场不得而知了。

后　记

无常之恸[①]

无常之恸,大概是宗教启信的出发点吧。一切慷慨的、忍苦的、慈悲的、舍身的、宗教的行为,皆建筑在这一点心上。故佛教的要旨,被包括在这个十六字偈内:"诸行无常,是生灭法。生灭灭已,寂灭为乐。"这里下二句是佛教所特有的人生观与宇宙观,不足为一般人道;上两句却是可使谁都承认的一般公理,就是宗教启信的出发点的"无常之恸"。这种感情特强起来,会把人拉进宗教信仰中。但与宗教无缘的人,即使反宗教的人,其感情中也常有这种分子在那里活动着,不过强弱不同耳。

在醉心名利的人,如多数的官僚、商人,大概这点感情最弱。他们仿佛被荣誉及黄金蒙住了眼,急急忙忙地拉到鬼国里,在途中毫无认识自身的能力与余暇了。反之,在文艺者,尤其是诗人,尤其是中国的诗人,更尤其是中国古代的诗人,大概这点感情最强,引起他们这种感情的,大概是最能暗示生灭相的自然状态,例如春花、秋月,以及衰荣的种种变化。他们见了这些小

[①] 本篇原载《宇宙风》1936年1月16日第1卷第9期。

小的变化,便会想起自然的意图,宇宙的秘密,以及人生的根柢,因而兴起无常之恸。在他们的读者——至少在我一个读者——往往觉到这些部分最可感动,最易共鸣。因为在人生的一切叹愿——如惜别、伤逝、失恋、坎坷等——中,没有比无常更普遍地为人人所共感的了。

《法华经》偈云:"诸法从本来,常示寂灭相。春至百花开,黄莺啼柳上。"这几句包括了一切诗人的无常之叹的动机。原来春花是最雄辩地表出无常相的东西。看花而感到绝对的喜悦的,只有醉生梦死之徒或感觉迟钝的痴人,不然,佯狂的乐天家。凡富有人性而认真的人,谁能对于这些昙花感到真心的满足?谁能不在这些泡影里照见自身的姿态呢?《古诗十九首》中有云:"伤彼蕙兰花,含英扬光辉。过时而不采,将随秋草萎。"大概是借花叹惜人生无常之滥觞。后人续弹此调者甚多。最普通传诵的,如:

"劝君莫惜金缕衣,劝君惜取少年时。有花堪折直须折,莫待无花空折枝!"(李锜妾)

"今年花似去年好,去年人到今年老。始知人老不如花,可惜落花君莫扫!"(岑参)

"一月主人笑几回?相逢相识且衔杯。眼看春色如流水,今日残花昨日开!"(崔惠童)

"梁园日暮乱飞鸦,极目萧条三两家。庭树不知人去尽,春来还发旧时花。"(岑参)

"越王宫里似花人,越水溪头采白蘋。白蘋未尽人先尽,谁见江南春复春?"(阙名)

慨惜花的易谢，妒羡花的再生，大概是此类诗中最普通的两种情怀。像"春风欲劝座中人，一片落红当眼堕。""年年岁岁花相似，岁岁年年人不同。"便是用一两句话明快地道破这种情怀的好例。

最明显地表示春色，最力强地牵惹人心的杨柳，自来为引人感伤的名物。桓温的话是一个很好的证例："昔年移植，依依汉南。今看摇落，凄怆江潭。树犹如此，人何以堪？"在纸上读了这几句文句，已觉恻然于怀；何况亲眼看见其依依与凄怆的光景呢？唐人诗中，借杨柳或类似的树木为兴感之由，而慨叹人事无常的，不乏其例，亦不乏动人之力。像：

"江风霏霏江草齐，六朝如梦鸟空啼。无情最是台城柳，依旧烟笼十里堤。"（韦庄）

"炀帝行宫汴水滨，数株残柳不胜春。晚来风起花如雪，飞入宫墙不见人。"（刘禹锡）

"梁苑隋堤事已空，万条犹舞旧春风。那堪更想千年后，谁见杨花入汉宫？"（韩琮）

"入郭登桥出郭船，红楼日日柳年年。君王忍把平陈业，只换雷塘数亩田？"（罗隐）

"三十年前此院游，木兰花发院新修。如今再到经行处，树老无花僧白头。"（王播）

"汾阳旧宅今为寺，犹有当时歌舞楼。四十年来车马散，古槐深巷暮蝉愁。"（张籍）

"门前不改旧山河，破房曾经马伏波。今日独经歌舞地，古槐疏冷夕阳多。"（赵嘏）

凡自然美皆能牵引有心人的感伤,不独花柳而已。花柳以外,最富于此种牵引力的,我想是月。因月兴感的好诗之多,不胜屈指。把记得起的几首写在这里:

"山围故国周遭在,潮打空城寂寞回。淮水东边旧时月,夜深还过女墙来。"(刘禹锡)

"辇遮回磴绝鸣銮,云树深深碧殿寒。明月自来还自去,更无人倚玉栏杆。"(崔鲁)

"旧苑荒台杨柳新,菱歌清唱不胜春。只今惟有西江月,曾照吴王宫里人。"(李白)

"暮云收尽溢清寒,银汉无声转玉盘。此生此夜不长好,明月明年何处看!"(杜牧)

"独上江楼思悄然,月光如水水如天。同来望月人何在?风景依稀似去年。"(赵嘏)

由花柳兴感的,有以花柳自况之心,此心常转变为对花柳的怜惜与同情。由月兴感的,则完全出于妒羡之心,为了它终古如斯地高悬碧空,而用冷眼对下界的衰荣生灭作壁上观。但月的感人之力,一半也是夜的环境所助成的。夜的黑暗能把外物的诱惑遮住,使人专心于内省,耽于内省的人,往往慨念无常,心生悲感。更怎禁一个神秘幽玄的月亮的挑拨呢?故月明人静之夜,只要是敏感者,即使其生活毫无忧患而十分幸福,也会兴起惆怅。正如唐人诗所云:"小院无人夜,烟斜月转明。清宵易惆怅,不必有离情。"

与万古常新的不朽的日月相比较,下界一切生灭,在敏感者的眼中都是可悲哀的状态。何况日月也不见得是不朽的东西呢？人类的理想中，不幸而有了"永远"这个幻象，因此在人生中平添了无穷的感慨。所谓"往事不堪回首"的一种情怀，在诗人——尤其是中国古代诗人——的笔上随时随处地流露着。有人反对这种态度，说是逃避现实，是无病呻吟，是老生常谈。不错，有不少的旧诗作者，曾经逃避现实而躲入过去的憧憬中或酒天地中；有不少的皮毛诗人曾经学了几句老生常谈而无病呻吟。然而真从无常之恸中发出来的感怀的佳作，其艺术的价值永远不朽——除非人生是永远朽的。会朽的人，对于眼前的衰荣兴废岂能漠然无所感动？"笙歌归院落，灯火下楼台。"这一点小暂的衰歇之象，已足使履霜坚冰的敏感者兴起无穷之慨；已足使顿悟的智慧者痛悟无常呢！这里我又想起的有四首好诗：

"寥落故行宫，宫花寂寞红。白头宫女在，闲坐说玄宗。"（元稹）

"朱雀桥边野草花，乌衣巷口夕阳斜。旧时王谢堂前燕，飞入寻常百姓家。"（刘禹锡）

"越王勾践破吴归，义士还家尽锦衣。宫女如花满春殿，只今唯有鹧鸪飞。"（李白）

"伤心欲问南朝事，惟见江流去不回。日暮东风春草绿，鹧鸪飞上越王台。"（窦巩）

这些都是极通常的诗，我幼时曾经无心地在私塾学童的无心的口上听熟过。现在它们却用了一种新的力而再现于我的心头。人们常说平凡中寓有至理。我现在觉得常见的诗中含有好诗。

其实"人生无常",本身是一个平凡的至理。"回黄转绿世间多,后来新妇变为婆。"这些回转与变化,因为太多了,故看作当然时便当然而不足怪。但看作惊奇时,又无一不可惊奇。关于"人生无常"的话,我们在古人的书中常常读到,在今人的口上又常常听到。倘然你无心地读,无心地听,这些话都是陈腐不堪的老生常谈。但倘然你有心地读,有心地听,它们就没有一字不深深地刺入你的心中。古诗中有着许多痛快地咏叹"人生无常"的话:古诗十九首中就有了不少:

"人生寄一世,奄忽若飙尘。何不策高足,先据要路津?"(无名氏)

"浩浩阴阳移,年命如朝露。人生忽如寄,寿无金石固。万岁更相送,圣贤莫能度。"(古辞)

"青青陵上柏,磊磊涧中石。人生天地间,忽如远行客。"(无名氏)

"人生非金石,焉能长寿考?奄忽随物化,荣名以为宝。"(无名氏)

此外我能想起也很多:

"对酒当歌,人生几何?譬如朝露,去日苦多。"(曹操)

"惊风飘白日,光景驰西流。盛时不可再,百年忽我遒。生存华屋处,零落归山丘。"(曹植)

"置酒高堂,悲歌临觞。人寿几何?逝如朝霜。时无重至,华不再阳。"(陆机)

"欢乐极兮哀情多,少壮几时兮奈老何!"(汉武帝)

"采采荣木,结根于兹。晨耀其华,夕已丧之。人生若寄,憔悴有时。静言孔念,中心怅而。"(陶潜)

"朝为媚少年,夕暮成丑老。自非王子晋,谁能常美好?"(阮籍)

"君不见黄河之水天上来,奔流到海不复回?君不见高堂明镜悲白发,朝如青丝暮成雪?"(李白)

"白日何短短,百年苦易满。苍穹浩茫茫,万劫太极长。麻姑垂两鬓,一半已成霜。天公见玉女,大笑亿千场。吾欲揽六龙,回车挂扶桑。北斗酌美酒,劝龙各一觞。富贵非所愿,为人驻颓光。"(李白)

美人为黄土,况乃粉黛假。当时侍金舆,故物独石马。忧来藉草坐,浩歌泪盈把。冉冉征途间,谁是长年者?"(杜甫)

"青山临黄河,下有长安道。世上名利人,相逢不知老。"(孟郊)

这些话,何等雄辩地向人说明"人生无常"之理!但在世间,"相逢不知老"的人毕竟太多,因此这些话都成了空言。现世宗教的衰颓,其原因大概在此。现世缺乏慷慨的,忍苦的,慈悲的,舍身的行为,其原因恐怕也在于此。

廿四年(1935年)十二月廿六日

图书在版编目（CIP）数据

有情世界/丰子恺著；梅杰选编. —济南：山东文艺出版社,2020.1
ISBN 978-7-5329-5804-7

Ⅰ.①有… Ⅱ.①丰…②梅… Ⅲ.散文集—中国—现代 Ⅳ.①I266

中国版本图书馆 CIP 数据核字(2019)第 173474 号

有情世界
丰子恺 著　梅杰 选编

主管部门	山东出版传媒股份有限公司
出版发行	山东文艺出版社
社　　址	山东省济南市英雄山路 189 号
邮　　编	250002
网　　址	www.sdwypress.com

读者服务	0531-82098776（总编室）
	0531-82098775（市场营销部）
电子邮箱	sdwy@sdpress.com.cn

印　　刷	山东临沂新华印刷物流集团有限责任公司
开　　本	880 毫米×1230 毫米　1/32
印　　张	7.5
字　　数	160 千
版　　次	2020 年 1 月第 1 版
印　　次	2020 年 1 月第 1 次印刷
书　　号	ISBN 978-7-5329-5804-7
定　　价	39.90 元

版权专有，侵权必究。如有图书质量问题，请与出版社联系调换。